दो औरतों के पत्र

दो औरतों के पत्र

तसलीमा नसरीन

अनुवाद

सुशील गुप्ता

वाणी प्रकाशन

वाणी प्रकाशन
ज्ञान के विविध आयामों के प्रकाशक

वाणी प्रकाशन का 'लोगो' विख्यात चित्रकार मक़बूल फ़िदा हुसेन की कूची से

वाणी प्रकाशन, 4695, 21-ए, दरियागंज, नयी दिल्ली-110002

वाणी प्रकाशन, अशोक राजपथ (पटना कॉलेज के सामने), पटना (बिहार)

DO AURTON KE PATRA

by Taslima Nasrin

Translated by Sushil Gupta

Novel

ISBN : 978-93-5000-236-0

प्रथम संस्करण

मूल्य : 200/-

वाणी प्रकाशन

फोन : 0091#11#23273167, 23275710

फैक्स : 0091#11#23275710

वेबसाइट : www.vaniprakashan.in

ई-मेल : vaniprakashan@gmail.com

vani_prakashan@yahoo.com

आर.टेक ऑफसेट प्रिंटर्स द्वारा दिल्ली-110095 में मुद्रित

भूमिका

'दो औरतों के पत्र' उपन्यास सन् '92 में लिखा गया था। उन दिनों उपन्यास लिखने की न मुझे आदत थी, न तजरुबा। (इसका मतलब यह नहीं कि आज मैं सीख गयी हूँ या मुझे तजरुबा हो गया है)! मैं तो कविताएँ और कलाम लिखने वाली औरत हूँ। उन दिनों तीन दिनों में कोई एक उपन्यास लिख डालने के लिए, प्रकाशक दबाव डालते रहते थे। मेरी तो कैसी भयंकर करुण हालत होती थी, क्या बताऊँ! प्रस्तुत कृति न लम्बी कहानी बन पायी है, न उपन्यास। मैं चाहती थी कि किसी दिन 'दो औरतों के पत्र' फिर से लिखूँ। इसे और बड़ा और विस्तृत रूप दूँ, इसे सच ही उपन्यास का रूप दूँ। लेकिन नहीं, वह दिन आज भी नहीं आया। आख़िरकार, बांग्लादेश में कच्चे हाथों का कच्चा लेखन पश्चिम बंगाल और

समूचे भारत में भी ले आयी। मेरा गोपन, कुछ भी नहीं है। चलो, कोई बात नहीं, मेरी कुछेक भूल-त्रुटियाँ, पाठकों की निग़ाहों में पकड़ी जायें। भूल नज़र आयें, तो भी कोई बात नहीं। लेकिन, इसके पीछे जो ईमानदार चाह मौजूद है, औरतों की तकलीफ़ों को समझने-समझाने की जो अति अकुलाहट है, जो रुलाई छिपी हुई है, उसका अगर लेशमात्र भी पाठकों को एहसास हो जाये, तो मेरा प्रयास सार्थक होगा। अगर सारा-का-सारा मामला अर्थहीन हो जाये, तो भी क्या किया जाये? हम कितना कुछ तो अर्थहीन, बेमतलब ही करते हैं। अपने आस-पास हमारी भूल-चूक बिखरी रहती है और हम उन्हें भूल भी जाते हैं। ज़िन्दगी की छोटी-मोटी भूल-चूक मैं बेहद बड़ा करके, देखती भी नहीं।

पाठकों को मेरी श्रद्धा और प्यार!

पुस्तक मेला, 2008 **तसलीमा नसरीन**
कोलकाता

बूबू,

तुम्हारी तरफ़ से तो बिल्कुल कोई आहट, कोई हाल-समाचार ही नहीं है। तो क्या मैं यह समझ लूँ कि तुम मर गयीं? मर कर, हम सबका उद्धार कर गयीं?

वैसे मैं अकसर ही यह सोचती रहती हूँ कि तुम्हारे मर जाने से क्या किसी का उद्धार हो जायेगा? उद्धार हुआ भी तो किसका? अब्बू का? मेरा? या भाई का? पता नहीं, मुझे कुछ समझ में नहीं आता, बूबू!

आख़िर तुम कैसी जीव हो, ज़रा बोलो तो? तुम्हारा यह मान-अभिमान किसके प्रति है? तुम तो मुझे भी भुला बैठी हो! मैं वही नूपुर हूँ! वही मैं, जिसके साथ तुमने एक ही कमरे में, एक ही बिस्तर पर, ज़िन्दगी के तेईस साल गुज़ारे हैं! अचानक किसी दिन मैं अगर किसी और कमरे में सो जाती थी, वह तुम ही थीं, जो

समूची रात, पल भर भी नहीं सोती थी और सुबह-सुबह आँगन में बेचैनी से चहलक़दमी करती रहती थीं। वह तुम ही थीं न? वही तुम, पिछले साढ़े तीन वर्षों से भुला बैठी हो।

अब्बू ने तुम्हें मर जाने को क्या कह दिया, बस तुम मरने चल दीं। तुम ठहरीं अब्बू की आज्ञाकारिणी बेटी, तुमने दो मिनट भी देर नहीं लगायी, बस, निकल पड़ीं। अगर ज़रा देर रुक जातीं, तो तुम देखतीं, साठ वर्ष का शिशु किस क़दर रोता है। तुमने उस इन्सान का रौब-दाब और प्रताप भर ही देखा है, उसका अहंकार देखा है, उसका रोना नहीं देखा। उस दिन तुम्हारी जगह अगर मैं होती, तो वापस लौट आती। दुनिया की कोई भी ताक़त मुझे बाँध नहीं सकती थी। तुम नहीं लौटीं, क्योंकि तुममें ज़्यादा प्रतिभा है। इस बूढ़े माँ-बाप की गृहस्थी में तुम्हारा मन नहीं टिकता।

अब, ज़रूर तुम सुख में दिन गुज़ार रही होगी। जिस सुख के लिए सारे बन्धन तोड़ कर तुम दौड़ गयी हो, प्रचण्ड प्रतिभाधर नारी!

इति,

नूपुर

शान्तिबाग़, ढाका

नूपुर,

तुझे इतना आक्रोश क्यों है, री! मैं तो तुम लोगों के लिए वह जगह छोड़ आयी हूँ। तू, तेरा भाई, अब, आराम से पैर पसार कर बैठ सकेंगे, सो सकेंगे। दुनिया में खड़े होने भर की ज़मीन को ले कर, इतनी छीना-झपटी मची है, वहाँ इतना बड़ा मैदान, विशाल आँगन, मुग़ल स्थापत्य की दम भरती हुई कोठी, लम्बे-चौड़े खम्भे, खुली-खुली छत, आम-जामुन-कटहल-अमरूद का विशाल बाग़—जब मर्ज़ी हो, जैसे चाहे खेलना-घूमना और ज़िन्दगी गुज़ार देना तू और तेरा भाई!

चल, मेरा कुछ नहीं रहा, न सही! मेरा ही पार जाना नहीं हुआ!

जमुना
पहाड़गंज
नयी दिल्ली

नूपुर,

इस दिल्ली महानगर में कोपरनिकस के नाम पर एक सड़क है। कितनी खुशी होती है न, नूपुर? कोपरनिकस, गैलीलिओ, ब्रूनो, जगदीशचन्द्र, लेनिन, न्यूटन, आर्किमिडिस, आइन्स्टाइन, रवीन्द्रनाथ के नाम पर, हमारे देश में भी सड़कें क्यों नहीं होतीं! हमारे यहाँ इन लोगों के नाम पर न कोई मीनार, न यादगार भवन, न बाग़-बग़ीचा! कोई म्यूज़ियम या गैलरी तक नहीं है। अचानक रवीन्द्रनाथ का नाम क्या बेमेल लगा? रवीन्द्रनाथ क्या कहीं भी बेमेल लगते हैं, नूपुर? जीवन या जगत के किसी भी हिस्से में भी? कम-से-कम तू इससे इनकार नहीं करेगी मुझे पता है।

पिछले दो दिन मैं आगरा में थी। ताजमहल को दूर से ही इस क़दर पहचान गयी हूँ कि क़रीब से पहली बार देख कर, उसके बेशक़ीमती पत्थर, उसका स्थापत्य, कला-कारीगरी, सौन्दर्य ने मुझे नये सिरे से चमत्कृत नहीं किया।

वैसे यह आगरा शहर बेहद निर्जन है, लड़कियाँ-औरतें साइकिल की सवारी करती हैं। यह देख कर, तेरी बेताह याद आयी। बचपन में तू साइकिल पर सवार हो कर समूचे शहर का चक्कर लगाती थी। जैसे ही तू सयानी हुई, सब बन्द! लड़कियाँ जैसे-जैसे बड़ी होती हैं, उतना ही एक-एक कॉक्रोच क्यों बन जाती हैं?

ण्जमुना
श्रीनगर
कश्मीर

नूपुर,

अपने को बेहद अपराधी महसूस कर रही हूँ, री! मैं मानो किसी भू-स्वर्ग में बैठी हूँ और तू...मेरी ही बहन, मेरी सर्वाधिक प्रिय इन्सान—तू एक पिछड़े हुए शहर के, उतने ही पिछड़े हुए ब्राह्मपल्ली में स्थित किसी कोठी में बैठी-बैठी, उदासीन दिन गुज़ार रही है!

झेलम एक्सप्रेस ने हमें जम्मू स्टेशन पर उतार दिया। हमारे पास महीने भर का इण्ड-रेल का पास मौजूद है। यह पास अगर हाथ में हो, तो भारत के किसी भी स्टेशन से, पहले दर्जे ए.सी. डिब्बे में सवार हो कर, पूरे महीने भर यात्रा की जा सकती है। वैसे कोलकाता से बाहर क़दम रखते ही, मेरे लिए भाषा-समस्या शुरू हो जाती है। मुझे पक्का विश्वास था कि मैं हिन्दी बोल लूँगी। लेकिन हिन्दी बोलते हुए बांग्ला-हिन्दी-उर्दू मिला कर, ऐसी खिचड़ी बना डालती हूँ कि अन्त में अंग्रेज़ी से ही काम चलाना पड़ता है।

किसी भी नये शहर में जाती हूँ, तो शाम और रात मैं वहाँ शहर-दर्शन के लिए घूमती फिरती हूँ। यहाँ टम-टम में सवार हो कर, मैंने जम्मू देखा। तुझे यह सुन कर शायद गुस्सा आये या हो सकता है कि अच्छा भी लगे कि अगले दिन सुबह-सुबह जब हमारी बस, पहाड़ों से हो कर, श्रीनगर की ओर बढ़ रही थी, वैसे मैं इन्हें कॉरीडोर कहती हूँ, चलती हुई बस में मैं पहाड़ों के बर्फ़ीले शिखर, दो-दो निग़ाहों से देखती हूँ। एक बार अपनी आँखों से और एक बार तेरी निग़ाहों से! बस के मुसाफ़िरों की निगाहें अचानक बेहद अचरज से, मेरे चेहरे पर गड़ गयीं। अचानक मैं गा उठी, तेरा वह दुपहरिया का गीत—'ओ री सखी, कहे मोरा हिया, करूँ मैं भी तुम-सी, निज मन की बतिया!' उस वक़्त मैं तेरी तरफ़ से गा रही थी; बिल्कुल तेरी तरह ही अपने दाहिने जंघे पर, हाथ से ताल देती जा रही थी और उन पलों की सारी खुशी, मैं मन-ही-मन तुझे ही अर्पित कर रही थी।

श्रीनगर में उतर कर, मैंने डल झील पर एक ख़ूबसूरत-सा हाउसबोट किराये पर ले लिया। हमारी ख़ातिर-तवाज़ो की ज़िम्मेदारी मैमूना पर है। अगर तू मैमूना को देखती तो ज़रूर उसे छू कर भी देखना चाहती कि उसके गालों का गुलाबी रंग कहीं नक़ली तो नहीं है। नहीं, नक़ली नहीं है, असली है। सेब की तरह वह लाल-बुर्राक लड़की, मिली जुली हिन्दी-अंग्रेज़ी में अनर्गल और ताबड़तोड़ बोलती रही। उसने हमें चाय पिलायी। सोने के कमरे के आतिशदान में उसने दोनों हाथों से लकड़ियों के टुकड़े भर दिये। गर्म पानी में नहाने के बाद, समूची शाम मैंने शिकारे पर ही पूरी डल झील के चक्कर लगाये। मयूरपँखी डिज़ाइन की इन नावों को शिकारा कहा जाता है। बिस्तर पर मख़मली चादर बिछी रहती है। जैसे चाहो लेटे-लेटे या बैठे-बैठे वक़्त गुज़ारा जा सकता है। मेरे साथ जो लड़का आया है, उसका नाम है—हुमायूँ! अब, यह मत सोच लेना कि मैं इश्किया हनीमून पर आयी हूँ। मेरे यहाँ आने की वजह यह है कि मेरे एकाउण्ट में काफ़ी सारे रुपये जमा हो गये थे। तुझे याद है, अम्मी कहा करती थी कि पैसे तो जैसे मुझे काटते हैं। हाँ, सच ही, वे रुपये मुझे बेतरह काट रहे थे; इसलिए उन्हें ख़र्च करने के लिए मैं इतनी दूर चली आयी।

इससे पहले, जितनी भी बार, मैं देश से बाहर गयी हूँ, काम ख़त्म करके, मैं फटाफट वापस भी लौट आयी। एक बार तो पैरिस के ल्यूवर म्यूज़ियम के दरवाज़े तक जा कर, उल्टे पाँव वापस लौट आयी। मेरे मन ने कहा—ना, अकेले नहीं, नूपुर के साथ देखूँगी। लेकिन, देखो, यहाँ श्रीनगर में मज़े से अकेले-अकेले गुलमर्ग, खिलनमर्ग, पहलग्राम, शालीमार की सैर करती फिर रही हूँ। गुलमर्ग में स्की करते-करते, मैं लगभग पच्चीस किलोमीटर दूर, किसी अन्य ही बर्फ़ के देश में पहुँच गयी। कशमीर में मेरा मौज-मज़ा बस, उतना ही भर! बर्फ़ की लगातार बरसात झरती हुई! मेरे सिर पर ऊनी टोपी!

बदन पर मोटा-सा ओवरकोट! मेरे साथ कोई नहीं था। मैं अकेली! जाने क्यों तो मुझे बेतरह रुलाई छूटने लगी। कहा जाये, तो हुमायूँ हाउसबोट से बाहर कहीं गया ही नहीं! उसे भयंकर सिर-दर्द था। उसका सिर-दर्द कम करने के लिए मैंने उसे कई-कई दवाएँ दीं, लेकिन उसका सिर-दर्द नहीं गया। मैं उसके सिरहाने ही बैठी रही, उसी ने प्रायः ज़ोर-ज़बर्दस्ती मुझे गुलमर्ग भेजा।

मुझे याद है, चूँकि गर्मी मुझसे बिल्कुल बर्दाश्त नहीं होती, इसलिए तू कहा करती थी कि 'नेपच्यून चली जा, नेपच्यून...'। वहाँ का तापमान, हिमांक से 237° सेल्सियस नीचे रहता है, आज गुलमर्ग में हल्के-फुल्के ढंग से स्की करते-करते, अचानक एक अद्‌भुत, अचीन्हे धवल जीवन में पहुँच गयी, जहाँ न कोई आदम, न आदमजात, न घर-झोंपड़ी; जहाँ श्वेत-धवल आकाश और धरती का श्वेत-शुभ्र बर्फ़ घुल-मिल कर एकाकार हो गये थे। मुझे लगा, जैसे मैं दुबारा नेपच्यून में आ पहुँची हूँ। कैसा ग़ज़ब का दृश्य! बर्फ़ पर देह टिकाये, अपने चारों तरफ़ बर्फ़ीली शुभ्रता का नज़ारा करते हुए, मैं शिथिल और अजब-सी ख़ुशी में लिपटी बैठी हुई थी। देह में शिथिलता थी और मन में ख़ुशी! अचानक उसी पल अगर आँखों में आँसू हहरा उठें, तो कितना बोर लगता है न?

दुनिया में ऐसा कौन है मेरा, जिसके लिए मैं आँसू बहाऊँ? तेरे लिये? हुमायूँ के लिए? जिसे माथे का रोग है, कशमीर की सैर नहीं कर पा रहा है, इसलिए? या अपने लिए? हाँ, स्वार्थी लड़की, अपने अलावा और किसके लिए रोयेगी? वैसे हुमायूँ को कोई परेशानी नहीं है। मैमूना सुबह-सुबह उसके लिए चाय ले आयी थी। दोपहर को उसने गुस्ताबा पकाया था। गुस्ताबा एक क़िस्म का कशमीरी आहार है। शाम को हुमायूँ का सिर-दर्द ज़रा कम हुआ, तो वह मैमूना को साथ ले कर, कमला नेहरू पार्क तक घूमने भी निकला था।

मैमूना बेहद ख़ूबसूरत है। उम्र, यही कोई बाईस वर्ष होगी।

उससे कितना कहा कि चलो, मेरे साथ, मेरे देश चलो। हुमायूँ ने भी कहा कि चलो, अपने देश ले जा कर, तुम्हें काँच के मर्तबान में सँजो रखूँगा। तुम चलो हमारे साथ! मैमूना सिर्फ़ मुस्कराती रहती है।

सुन, रुपये ख़त्म हो गये हैं। अब वक़्त बर्बाद न करके, कल सीधे दिल्ली रवाना हो जाऊँगी। दिल्ली से ढाका!

बूबू

ब्राह्मपल्ली
मयमनसिंह

बूबू,

यानी उस शख़्स का नाम हुमायूँ है और उससे तुमने शादी भी कर ली है। लोगों की बातों पर, अब तक मैंने ध्यान नहीं दिया था। ख़ैर, अपने हुमायूँ को ले कर तुम ख़ूब सैर-तफ़रीह कर रही हो, यह तो अच्छी बात है, लेकिन उस शख़्स के शौक़-शग़ल-पेशे के बारे में भी थोड़ा-सा आभास दे देतीं, तो यह समझने में आसानी होती कि मेरी प्रिय बहना किसका इलाज कर रही है, उसे किस क़िस्म का सिर-दर्द है, सिर-दर्द का उद्देश्य या विधेय क्या है?

अरे, गुस्सा मत हो, तुमसे अगर ज़रा घुमा-फिरा कर, पेंचदार लहज़े में बात न करूँ, तो मन नहीं भरता। सीधी-सीधी बात तो सभी करते हैं, जैसे तुम। ज़िन्दगी भर जलेबी जैसे पेंचदार लोगों से तुम सीधे-सरल ढंग से बातें करती रहीं, उतना ही ठगी भी गयीं। भई, मैं तो सीधे के संग सीधी हूँ, टेढ़ों के साथ टेढ़ी।

सुनो, मेरे लिए दुखी मत हो। देश के बाहर मैं कहीं नहीं गयी, इस वजह से मैंने अपने को कभी वंचित महसूस नहीं किया। मेरी तरह, जाने कितने ही लोग बाहर नहीं गये, लेकिन क्या फ़र्क़ पड़ता है? मैं तो खाते-पीते, हँसते-खेलते ऐश से ज़िन्दा हूँ। मेरी तरह जीना और कितने लोगों को नसीब है?

यह जो तुम आज पैरिस, कल आमस्टरडम, परसों इटली के चक्कर लगाती हो, तुम क्या ख़ूब सुखी हो, बूबू? ख़ू-ब सुखी? मुझसे ज़्यादा खुश हो? मुझे तो ऐसा नहीं लगता।

मुझे तुम्हारी तकलीफ़ों का एहसास है। तुम न श्रीनगर में ख़ुश हो, न पैरिस, न ज्यूरिका, न रोम में, मैं ख़ूब समझती हूँ, तुम तभी ज़्यादा खुश रहती हो, जब इस ब्राह्मपल्ली में, अपने पुराने पलंग पर, मुझसे सटी-सटी गपशप करती हो और अचानक किसी मकड़े या पालतू बिल्ली पर मेरी नज़र पड़ जाती है, वह मंज़र देख कर तुम ख़ुश होती हो।

यह हुमायूँ कौन है, मुझे नहीं पता। ख़ैर, उसे जानने में मेरी कोई दिलचस्पी भी नहीं है। तुम कुशल-मंगल हो या नहीं, अब तो यह जानने की इच्छा भी मेरे मन में नहीं जागती।

माँ बेहद बीमार हैं। पिछले दो महीनों में काफ़ी ख़ून बह गया है। उनका बादामी रंग एकदम से फीका हो कर, एकदम से सफ़ेद हो आया है। उन्हें हस्पताल में भर्ती करा दिया है। डॉक्टर का कहना है कि उनका गर्भाशय निकाल कर फेंक देना होगा। ख़ैर, यह सब रोग-बीमारी तो तुम्हारे लिये दाल-भात है। मैं तुमसे नहीं कहूँगी कि तुम आ कर उन्हें देख जाओ। फ़िलहाल, तुम इस स्थिति में हो भी नहीं। दूर से ही जितनी शुभकामना की जा सकती है, कर सकती हो। वैसे शुभकामना न भी करो, तो भी कोई नुकसान नहीं है।

माँ को अगर बचना हुआ, तो वह बच जायेंगी। अगर न बच सकी, तो किसमें इतनी ताक़त है, जो उसे बचा ले?

इति,

नूपुर

शान्तिबाग़

ढाका

नूपुर,
मेरे आने की कोई अनुकूल स्थिति नहीं है, यह बात तूने बिल्कुल साफ़-साफ़ समझा दी है। मैं आऊँ भी भला क्यों? मुँहजली, अशुभ और मनहूस लड़कियों को तो आम इन्सान के जन्म-मृत्यु, विवाह के मौक़े पर, सामने नहीं पड़ना चाहिए। अगर उनकी छाया भी पड़ जाये, तो अमंगल होता है। मैं भी नहीं जाऊँगी, इसलिए नहीं कि तेरे अब्बू से मैं डरती हूँ, बल्कि इस डर से नहीं जाऊँगी कि मेरा नाम भर सुन कर अम्मी कहीं ऑपरेशन टेबिल पर ही फट से दम न तोड़ दें। इससे तो बेहतर है कि वही गर्भाशय, मेरे जन्म की वह निशानी ही अपने बदन से निकाल फेंके। कोई बीमार गर्भाशय, अपने बदन में धारण करके, उसे ज़िन्दगी भर यह याद न रखना पड़े कि किसी दिन इसी गर्भाशय से हो कर किसी जीते-जागते इन्सान ने जन्म लिया था। जमुना नामक कोई बीमार इन्सान, इस दुनिया में आयी थी। अब न गर्भाशय रहे, न कोई याद, न कोई पीड़ा—यह स्थिति अम्मी के लिए, एक तरह से भली ही है। क्यों? तेरा क्या ख़याल है?

वैसे मैं तो स्वस्थ ही थी, नूपुर! मेरे चारों ओर मुझ जैसा स्वस्थ भला और कौन था? इस जीवन्त-प्राणवान लड़की को तूने बड़े चाव से ब्याह के पाटे पर बिठाया था। मेरे लिए कोई शहज़ादा पकड़ लायी थी। क्या बात है, एकदम से राजपुत्र! लेकिन, कहाँ गया, तेरा वह राजकुँवर? मेरे अब्बू-अम्मी का 'सोना-चन्दा', 'हीरे का टुकड़ा' ग़ायब कहाँ हो गया? कहाँ गया उनकी 'आँखों का तारा?' सुन, उस राजकुँवर को किसी दिन मेरे सामने ला कर खड़ा कर दे न! किसी दिन उससे दो टुक बतिया तो लूँ। दिल खोल कर उससे उसकी सुनूँ, अपनी कहूँ। सच तो यह है कि उससे तो मेरी बात ही नहीं हुई, सिर्फ़ आँख-मुँह बन्द किये, पूरे डेढ़ वर्ष गुज़ार दिये। डेढ़ वर्ष क्या कम समय होता है, नूपुर? सोचती हूँ, तो आज

भी थर्रा उठती हूँ।

यह जो हुमायूँ है; सूरत-शक़्ल से घोर काला, दाँत ऊँचे-ऊँचे! लम्बाई पाँच फ़ीट साढ़े सात इंच। ऐसा कोई भी दिन नहीं गुज़रता, जब वह दारू न चढ़ाता हो। शराब में टुन्न हो कर गाली-गलौज न करता हो। इस शख़्स से शादी करने की मुझे क्या ज़रूरत थी? यह बात मुझे आज तक समझ में नहीं आयी। बहरहाल, उससे शादी करने के बाद, मेरी दिनचर्या में कोई हेर फेर नहीं हुआ। न मेरे दिन बदले, न रात। जैसी मैं पहले थी, वैसी अब भी हूँ। इस बीच इस शहर को यह ख़बर हुई, ब्रह्मपुत्र की ख़बर पहुँची, तूने जाना, तेरे नाते-रिश्तेदारों ने जाना कि शादी करने का मुझे बेहद शौक़ है। शादी के लिए मैं मरी जा रही हूँ। मर्द के बिना मैं रह नहीं सकती। अकेले-अकेले ज़िन्दगी गुज़ारना, मेरे लिए सम्भव नहीं है।

सच बात क्या है, जानती है, नूपुर? मैं तो अकेली ही थी, एक बार फिर अकेली हो गयी।...तुझे पता है, मेरे क़ानूनदाँ अब्बू, अकसर अचानक-अचानक मेरे अकेले फ़्लैट में आ धमकते थे। तू क्या समझती है, मुझे क्या पता नहीं है कि उनके हाड़-मज्जा में अविश्वास का साँप सरसराता है। फ़्लैट में क़दम रखते ही अब्बू इधर-उधर खोज भरी निगाहों से चारों तरफ़ देखते रहते थे। एक दिन बरामदे में, रस्सी पर मेरी एक शर्ट झूल रही थी। उस शर्ट को घूरते हुए, अब्बू समूची दोपहर, बरामदे में कुर्सी डाले बैठे रहे। मेरे पास एक पुरानी फ़िल्म पड़ी थी। रात को खाना खाने के बाद, हम दोनों सोफ़िया लोरेन की 'कैसेंड्रा क्रॉसिंग' फ़िल्म देखने बैठे। उफ़! कैसी भयंकर फ़िल्म थी। आख़िरी दृश्य में जब टूटे हुए पुल से ट्रेन टुकड़े-टुकड़े हो कर नीचे नदी में गिर रही थी, मैंने ग़ौर किया, वह उत्तेजक दृश्य देखते हुए भी, वे बिल्कुल धीर-शान्त बैठे रहे। आख़िर वे मेरे अब्बू ठहरे! वे जब भी आते थे, मैं उनके खाने के लिए सैंडविच और सॉसेज बनाती थी, ब्लेंडर से अंगूर का जूस बना

कर ले आती थी। उन्हें साग-सब्ज़ी प्रिय थी, मैं दौड़ कर शान्ति नगर बाज़ार से टोकरी-टोकरी भर सब्ज़ी ले आती थी। उन्हें पका-पका कर खिलाती थी।

'अब्बू, बताओ क्या खाओगे? कुछ पढ़ोगे? तुम्हें तो अर्नेस्ट हेमिंग्वे बेहद पसन्द हैं, ला कर दूँ? बोरिस पास्तरनाक? या कहो तो गोर्की, गेटे, टॉमस मान, दोस्तेयेव्यस्की, टालस्टॉय या रवीन्द्रनाथ?'

लेकिन नहीं, अब्बू ने कुछ भी नहीं लिया। कुछ देर बाद, मैं उनके लिए चाय ले आयी। चाय की प्याली हाथ में लिये-लिये, कुछ देर वे बरामदे में चहलक़दमी करते रहे।

मैं उनसे बार-बार, लगातार पूछती रही, 'अब्बू, तुम पर क्या कोई भूत सवार हो गया है? सुनो! तुम्हें अब, उस ब्राह्मपल्ली वाले घर में जाने की ज़रूरत नहीं है। तुम मेरे पास रहो। कल ही तुम्हारे लिये छह सेट शर्ट-पैंट ख़रीद लाती हूँ। तुम्हें कॉफ़ी पसन्द है न? मैं कॉफ़ी का पूरा का पूरा बाज़ार ख़रीद कर, घर ले आऊँगी? तुम्हें आख़िर हुआ क्या है, बताओ तो? तुम इतने बेजान क्यों हो?'

इसके बावज़ूद अब्बू ने कोई बात नहीं की। हम दोनों, अलग-अलग कमरों में सोने चले गये। अभी मेरी आँख लगी ही थी कि माथे पर किसी की हथेली का स्पर्श पा कर, मेरी नींद टूट गयी। मेरे सिरहाने अब्बू खड़े थे।

'कुछ चाहिए, अब्बू? कमरे में क्या मैं पानी रखना भूल गयी? तुम्हें नींद नहीं आ रही है? चलो, बातें करें?'

'जमुना तू कैसी है?' अब्बू ने एकबारगी सवाल किया।

रात डेढ़ बजे, अब्बू गुपचुप मुझसे यह पूछने आये थे कि मैं कैसी हूँ।

'बिल्कुल ठीक-ठाक हूँ, अब्बू!'

'तुझे किसी चीज़ की कमी नहीं है?'

'तुम भी न, क्या बात करते हो, अब्बू? महीने-महीने पन्द्रह

हज़ार रुपये मिलते हैं। घर का किराया है साढ़े पाँच हज़ार। बाक़ी बचे साढ़े नौ हज़ार! इसमें मुझ अकेली जीव का बड़े आराम से चल जाता है।'

'इसके अलावा कोई अभाव?'

'नहीं, नहीं, अब्बू, बिल्कुल नहीं!'

'तेरे घर कौन-कौन आता है, जमुना?'

'कौन-कौन का क्या मतलब?'

'मतलब, तुझसे मिलने-विलने...?'

'आते हैं, पुराने यार-दोस्त, दफ़्तर के सहकर्मी...। कुछेक जान-पहचान के लोग...! क्यों, अब्बू?'

'सभी क्या महिला-मित्र हैं?'

'लगभग सभी! वैसे कई एक लड़के भी आते हैं। लेकिन, बात क्या है?'

'इतना मिलना-जुलना, मेल-जोल ठीक नहीं है, बिटिया!'

'क्यों, अब्बू? मैं क्या इन्सानों से बातचीत भी न करूँ? इसके अलावा सामाजिकता भी तो कोई चीज़ होती है न?'

'लेकिन तुम तो समाज के और लोगों की तरह तो नहीं हो न?'

'मतलब?'

'मतलब, तुम्हारी ज़िन्दगी में एक हादसा हो चुका है—'

'कौन-सा हादसा, अब्बू? तुमने मेरी शादी की। चाहे कोई भी वजह हो, वह शादी नहीं टिकी...।'

'हाँ, नहीं टिकी! सबकी टिकी रहती है। तुम्हारी नहीं टिकी।'

'इसमें मेरा क्या क़सूर, अब्बू? तुम्हें तो सब मालूम है, मालूम है न?'

'मालूम है! मालूम है! मालूम क्यों नहीं होगा? लेकिन, लड़की

हो कर इतना अहंकार सही नहीं होता। अभी भी यह जो तुम अकेली-अकेली रहती हो, क्या सोचती हो, लोग तुम्हें ख़ूब भली कहते हैं? बेहद चरित्रवान मानते हैं?'

'यह तुम क्या कह रहे हो, अब्बू?'

'देखो, यह यूरोप-अमेरिका नहीं है कि कोई अकेली लड़की, अकेले ही कोई घर किराये पर ले ले और ऐश से ज़िन्दगी गुज़ारे।'

'मैं तो गुज़ार रही हूँ! मुझे तो कहीं से भी कोई परेशानी नहीं है—'

'परेशानी तुम क्या समझोगी? तुम्हें क्या यह एहसास है? तुम तो अन्धी हो चुकी हो। घर में छोकरे बुला कर गुलछर्रे उड़ाती हो।'

'यह कैसी बातें कर रहे हो तुम, अब्बू?'

'मैं ठीक ही कह रहा हूँ। बरामदे में वह शर्ट किसकी है? तुम क्या सोचती हो, मैं कुछ समझता नहीं? तुम्हारा ख़याल है, यह जो तुम्हारा बाप आया है, वह निहायत अनकल्चर्ड, दकियानूस है? बाप के सामने खाने के दो टुक्कड़ फेंक दोगी, दो-चार कपड़े-लत्ते थमा दोगी, बस, वह बग़लें बजाता हुआ विदा हो जायेगा। तुम ख़ाली घर में जी भर कर रँगरेलियाँ मनाओगी?

नूपुर, वह मेरा बाप था। मेरा सगा बाप, जिस पर मुझे इस क़दर गर्व था। मारे अपमान और शर्म के, उस दिन उसी बाप की ग़लतफहमी मैंने ज़रा भी मिटाने की कोशिश नहीं की कि बरामदे में जो शर्ट झूल रही है, वह मेरी है। मेरा किसी से भी ऐसा रिश्ता नहीं है, जो मेरी शर्ट धोये-सुखाये। गिनती भर के मेरे जो शुभाकांक्षी हैं, उनमें किसी को मैं भाई कहती हूँ, किसी को काका। उनमें से किसी ने भी मेरी उँगली तक नहीं छुई। अगले दिन अब्बू चले गये। अब्बू अकसर इसी ढंग से आ धमकते थे। ऐसा प्रायः ही होता था। आते ही वे नाक-भौं चढ़ा कर, पूरे घर का मुआयना करते थे। कमरे में कोई सूत भी मिलता था, तो उसे खींच-तान कर परखते थे। मैं

अन्दर तक टूट जाती थी। सारी-सारी रात मुझे आहट मिलती रहती थी। उस कमरे में न अब्बू सो पाते थे, न इस कमरे में मैं! हमारे बीच का रिश्ता, दिनों-दिन जाने कैसा तो भुतहा होता गया। यह सब तूने अपनी आँखों से नहीं देखा, तुझे मालूम भी नहीं।

यह सब लिखते हुए भी, देख, मेरा पूरा बदन थरथरा उठा है। ख़ैर, तू ख़त देना।

जमुना

ब्राह्मपल्ली
मयमनसिंह

बूबू,

एक-एक दिन मैं कैसे बिता रही हूँ, तुम्हें कुछ अन्दाज़ा है? सुबह-दोपहर हाथ में टिफिन कैरियर झुलाये, घर और हस्पताल के बीच भाग-दौड़ करते हुए, मेरी जान आफ़त में है। उस पर से माँ की इच्छा मुताबिक, दो बन्दों को बुला कर, घर में लोबान जला कर, क़ुरान-पाठ कराया जा रहा है।

हस्पताल की केबिन में क़दम रखते ही, माँ छूटते ही पूछती हैं, 'उन दोनों बन्दों को दोपहर खाना तो खिला दिया था न?'

एक दिन मैंने हँसते-हँसते जवाब भी दे डाला, 'मैंने खाना खाया या नहीं, यह तो तुमने नहीं पूछा?'

माँ बिल्कुल भी नहीं सकपकाई, बल्कि लहज़े में ज़ोर दे कर कहा, 'वे लोग ठहरे अल्लाह के बन्दे! अल्लाह के क़लाम पढ़ते हैं। उनकी इज़्ज़त पहले है?'

उस दिन बातों ही बातों में तुम्हारा ज़िक्र छिड़ गया। घर में कुरान-पाठ की तैयारी मैंने ही की है। ड्रॉइंगरूम उन लोगों के लिए ख़ाली कर दिया है। दीवान पर चटाई बिछा कर, अच्छा-ख़ासा माहौल भी तैयार कर दिया है। उस दिन मूमू भी घर पर थी।

अचानक वह कह उठी, 'जमुना होती तो यह सब कुछ भी नहीं करती। वह तो फूफी को ही ज़रूर यह सुना देती—हाँ, इधर तो क़ुरान चल रहा है, उधर माँ लगभग ख़त्म होने को है! लगभग जाने-जाने को!'

बहरहाल तुम्हें तो अपनी नास्तिकता पर बहुत अहंकार है न! लेकिन तुम इस ग़लतफ़हमी में न पड़ना कि मैं और मुझ जैसे दूसरे सीधे-सादे लोग, तुम्हें कोई महान इन्सान मानते हैं! हम लोगों का तो यह ख़याल है कि किसी दिन तुम ऐसी धर्मभीरु महिला में बदल जाओगी कि कोई तुम्हारे लिये वज़ू का पानी जुटायेगा, कोई जाए-नमाज़, तस्बीह ला कर देगा, कोई बुरक़ा, क़ुरान ग्रन्थ थमाएगा। तुम यह सब लेते-लेते हलाकान हो जाओगी। ऐसा बिल्कुल नहीं होगा, क्या तुम यह बात दावे के साथ कह सकती हो, बूबू?

माँ का ऑपरेशन कुछ दिनों के लिए टल गया है। पड़ोसियों को यह आशंका होने लगी है कि इस घर में किसी की मौत हो गयी है। किसी भी घर में दो दिनों तक सस्वर अरबी पढ़ी जाये, तो कैसी तो मातमी गन्ध आने लगती है! है न?

कितने ही वर्षों से हम सब इस मकान में रह रहे हैं। एक बात तुमने ग़ौर की होगी। कितने ही लोगों की मौत हुई! कितनी ही रातों को हमारी-तुम्हारी नींद टूट गयी है और जागते ही 'राम नाम सत्य है', 'सत्य है राम नाम!' की आवाजें हमारे कानों से आ टकराई हैं। पड़ोस में भी कितने ही लोग भगवान को प्यारे हो गये! एक दिन प्रफुल्ल चल बसा; एक दिन सिद्धेश्वरी माँ भी चली गयीं; इसी तरह एक दिन निखिल बाबू, विभा दीदी भी गुज़र गयीं।

'राम नाम सत्य है' की आवाज़ सुन कर, हम अपने बिस्तर पर सिमटे-सिकुड़े-से लेटे रहते थे। तुम क्षीण आवाज़ में बुदबुदा उठती थीं—'पता नहीं, हमारे घर से पहले कौन जायेगा।' तुम्हारी

यह बात सुन कर, जाने क्यों तो, मेरी आँखों के सामने अब्बू का ही चेहरा तैर जाता था। लेकिन, तुम अपने बारे में सोचती थीं...कि पहले तुम ही इस दुनिया को अलविदा कहोगी। इस घर से पहले तुम ही निकलोगी। हुँह, मरने के मामले में भी तुम कम स्वार्थी नहीं थीं। तुम पहले मरना चाहती थीं। सबसे पहले ताकि तुम सबको आँसुओं में डुबो कर जाओ। जैसे सारा कुछ सूना-उजाड़ करके, अकेले तुम ही निर्लिप्त मुद्रा में गुम हो सको। जैसे इन दिनों तुम गुम हो गयी हो। तुम ही बताओ, मैं लाख चाहूँ, तो भी क्या तुम्हें छू सकती हूँ? मैं कितनी भी कोशिश करूँ, लेकिन क्या एक बार भी तुम्हारे सीने में मुँह दुबका कर रो सकती हूँ? तुम्हारे लिये? माँ के लिए? कभी-कभार अपने लिए भी?

इति

नूपुर

पुनश्च : बूबू, तुम्हें क्या शैशव की, किशोर उम्र की, ज़रा भी याद नहीं आती? यादें क्या तुम्हें ज़रा भी नहीं रुलातीं?

नूपुर

शैशव और कैशोर्य के बारे में बहुत-से लोगों को मैंने अतिशय भावुक होते देखा है? मेरे मन में ऐसा कुछ भी नहीं होता। यादें मेरे पीछे-पीछे, ज़्यादा दूर तक नहीं बढ़तीं। हाँ, लड़कपन की एक उम्र ज़रूर थी मेरी। लेकिन उसे लड़कपन की उम्र कैसे कहूँ, क्योंकि मैं लड़का तो हूँ नहीं। जब मैं लड़की हूँ तो कहूँ—मेरी एक लड़कियाना उम्र ज़रूर थी! सुबह-सवेरे भात-मछली खा कर स्कूल जाती थी; स्कूल से लौट कर, फटाफट कुछ मुँह में डाल कर, मैदान में! मैदान में गोल्लाछूट या 'बउची' खेल की धूम मची होती थी। शाम को धूल-कीचड़ भरे पाँव धो कर, पढ़ने बैठती थी; पढ़ते-पढ़ते ही सो जाती थी। इस बँधी-बँधाई रुटीन में ही, अम्मी सिर पर दुपट्टा डाल

कर, मुझे क़ायदा-क़ुरान पढ़ने के लिए बिठा देती थी। तुझे याद नहीं, वह अजीबोग़रीब, घनचक्कर भाषा सीखने के अत्याचार से बचने के लिए, मैं भागी-भागी फिरती थी? बिस्तर पर मैं खिड़की की तरफ़ मुँह करके सोती थी। माँ मुझे बार-बार हिदायत देती थी कि मैं पश्चिम की तरफ़ पाँव करके, हरगिज़ न सोऊँ। रात को अम्मी जब सो जाती थी, तब मैं अपना तकिया खिड़की की तरफ़ रख कर सो जाती थी। मैं भला कैसे नहीं सोती, बता? रात को, खिड़की के पार, चमेली की ख़ुशबू, मुझे गहरी नींद जो सुला देती थी।

माँ तो कई-कई हिदायतें दिया करती थी—बंसीवट की झाड़ियों तले कभी मत जाना; शाम ढले, बाल खोले, आँगन में मत जाना, क्योंकि वहाँ जिन वग़ैरह हो सकते हैं। मैंने उनकी ये सब हिदायतें, कभी नहीं मानी। मैं शायद ख़ुराफ़ाती लड़की कभी भी नहीं थी, लेकिन अन्दर ही अन्दर मैं भयंकर ग़ुस्सा पाले रहती थी। लेकिन, अब्बू ने मुझे बचा लिया, नूपुर! दिन भर पढ़ो-पढ़ो की रट लगा कर और 'छात्रानाम अध्ययनः तपः' का जाप करते हुए मुझे इन्सान बना कर ही छोड़ा।

जैसे-जैसे मैं सयानी होती गयी, मेरी अम्मी, मेरी राह तय करती गयी। छत पर जाना, सखी-सहेलियों के जाना, बाहरी लोगों के सामने आने-जाने पर, मेरे ही देह-दोष से, पाबन्दी लगा दी गयी। उन दिनों दिगन्तव्यापी, मैदान खुला आसमान कहीं ख़त्म न होने वाला वन-जंगल, मैं अपने अन्दर ही खोजती फिरी। दिन-दिन भर किताब-कॉपियों में डूबी न रहती, तो आज मैं इतनी दूर तक नहीं पहुँच पाती। इसी बीच जाने कितने-कितने काण्ड हो गये। वैसे तो हमेशा मेरे भाग्य को ही दोष देती थी। वह कहा करती थी कि अपनी क़िस्मत, मैंने ख़ुद ही तबाह कर डाली।

नहीं, मैं किसी को भी दोष नहीं देती। ज़िन्दगी अपने नियम

से चलती है, कृषि-विश्वविद्यालय के किनारे-किनारे बहती हुई, ब्रह्मपुत्र नदी के तट पर बैठे-बैठे, मैंने अपनी पूरी जवानी गुज़ार दी। उन दिनों माँ लाख कोशिशों के बावजूद अपने इसरार या बड़प्पन तले मुझे लपेट नहीं पायी। मैंने तो हमेशा ही तमाम-तमाम बाधा-बन्धन, तमाम रस्सियाँ तोड़ कर, जीने की कोशिश की। मैं हमेशा बेड़ियाँ तोड़ कर भागती रही हूँ। भागते-भागते, अपने अलावा मुझे और किसी की भी पनाह नहीं मिली।

नूपुर, तू भी तो भयंकर उपेक्षा में बड़ी हुई। तेरे मन में भी ज़रूर ही अपने बचपन को ले कर, अकारण ही किसी क़िस्म की भावुकता नहीं है। अब्बू जब बाज़ार जाते थे, मेरे लिए एक गुड़िया और भाई के लिए चाबी से चलने-दौड़नेवाली गाड़ी ख़रीद लाते थे। मेरा दिल उस चाबीवाली गाड़ी पर अटक जाता था। गुड़िया फेंक कर, मैं गाड़ी लेने के लिए रो पड़ती थी। अम्मी गुस्से से मेरा कान ऐंठते हुए कहती थी—हमेशा अच्छी चीज़ के लिए ललचाई रहती है—

हाँ, लालच तो होता ही था। अच्छी चीज़ के लिए भला क्यों नहीं लालच उमड़ता? चाबी देने पर जो गाड़ी फर्र-फर्र दौड़ने लगती थी, उसी तेज़ रफ़्तार के लिए भला मैं क्यों नहीं दौड़ती? मैं भी तो ख़ून-मांस की बनी, प्रचण्ड जीवन्त इन्सान हूँ! मुझे बेजान गुड़िया से खेलते हुए, बेजान ज़िन्दगी की आदत क्यों डालनी पड़ेगी?

सुन, नूपुर, ये सारी विषमताएँ, मुझसे सही नहीं जातीं। भाई कभी भी मुझसे ज़्यादा मेधावी, बेहतर छात्र नहीं था, हालाँकि वह ख़ूब-ख़ूब मक्खन-पनीर खाते-खाते बड़ा हुआ! ज़िन्दगी भर वह इस-उस कॉलेज में पास-फ़ेल होते हुए, कॉमर्स की तरफ़ गया। इसके बावज़ूद, उसके यूँ बढ़ते रहने को जितना शुभ और सुलक्षण माना गया, मेरी इतनी भली ऊँची तनख़्वाहवाली नौकरी को भी उतनी तवोज्जोह नहीं दी गयी।

अब, यादें मुझे बिल्कुल नहीं रुलातीं, नूपुर! याअचानक-अचानक रुलाती भी हैं, मुझे समझ नहीं आता।

जमुना

शान्तिबाग़,
ढाका

नूपुर,

ख़ूब तो इत्र-लोबान छितरा कर, क़ुरान पढ़ रही हो। सुनने में आया है कि आजकल मज़ार पर मत्था टेकने जाने की तुम्हारी आदत ज़रूरत से ज़्यादा बढ़ गयी है। बूढ़े पीर की मज़ार पर, हर जुम्मे को मोमबत्ती जलाती हो। सुना है कि टांगाइल में एक पीर का आविर्भाव हुआ था। यह भी सुना कि वह पीर माइक पर ही अपने भक्तों को फूँक मार देता था। चूँकि एक लाख बन्दों को बारी-बारी से फूँक देना सम्भव नहीं था, इसलिए वह पोखर में फूँक मार देता था। उस पोखर का पानी पी कर भक्त समुदाय की सैकड़ों कालिख-कलंक, पाप-ताप, दुख-शोक, ज़रा-व्याधि दूर हो जाती है। नूपुर, तुम भी क्या उस पोखर से शीशी भर पानी संग्रह कर लायी हो। तुम्हारे भी किसी जोड़-गाँठ का दर्द, सिर-दर्द या मन का कोई दर्द मिट गया? तुम आटरशी चलोगी, नूपुर? सय्यदाबाद? कहो तो, तुम्हें ले जाने का इन्तज़ाम करूँ। सय्यदाबाद कच्चा अण्डा ले कर जाना पड़ता है। वह कच्चा अण्डा हाथ में ले कर, हमारे हुज़ूर सय्यदाबादी, पल भर में पक्का अण्डा बना देते हैं यानी उसे उबाल देते हैं। वह उबला हुआ अण्डा खा कर, पता है, क्या होता है? फ़र्ज़ कर, तेरा ब्याह हो गया। उसके बाद, साल-दर-साल गुज़र गये, मगर बच्चा नहीं हुआ। ऐसे में अगर तू सय्यदाबादी साहब का दिया हुआ वह उबला अण्डा खा लेगी, तो तेरी कोख में बच्चा आ जायेगा। असल में, उन सय्यदाबादी जनाब ने किसी छोटे-मोटे

जादूगर से, कच्चे अण्डे को पक्का बनाने का जादू सीख आये थे। वह ज़ुएल आइच को पकड़ कर, आँखों को हैरान कर देने वाला वह जादू सीख लिया था, जिसे देख कर लोग अचकचा जाते हैं।

ख़ैर, तुमने तो बांग्ला साहित्य पढ़ा है। मुमकिन है कि तुम्हें अलौकिक में विश्वास हो। लेकिन जिन लोगों का हमेशा विज्ञान से वास्ता रहा, वे ही लोग अगर माथे पर सजदे ढोकने के निशान बना डालें, तो यह शर्मिन्दगी कहाँ उठा रखूँ, बताओ? मेडिकल कॉलेज या हस्पतालों में स्थित मस्जिदों में नमाज़ की जितनी भीड़ होती है, मेरा ख़याल है, उतनी भीड़, अन्यान्य कॉलेज-विश्वविद्यालयों की मस्जिद में नहीं होती। चूँकि इहलोक सुव्यवस्थित कर लिया है, शायद इसीलिए अब, परलोक सुव्यवस्थित करने के लिए, लोग बेतरह हड़बड़ाये रहते हैं। सच तो यह है कि किसी को, कोई लोक नहीं जुटता और जिन्हें जुटता है, उन्हें सैकड़ों लोक जुट जाते हैं।

इस देश के कुसंस्कारों में जकड़े हुए चन्द बुद्धिजीवी लोग, अतीन्द्रियता, अवतारवाद, जन्मान्तर, ज्योतिष शास्त्र की प्रतिष्ठा करके, प्रगति के पहिये को उलटी तरफ़ घुमाने की कोशिश कर रहे हैं। यह देख कर हमारे तमाम अशिक्षित-अनपढ़ लोग उल्लास से नाच उठे हैं। तुझे याद होगा, अब्बू को जब मायोकार्डियल इन्फ़ेक्शन हुआ था, हम सब किस क़दर चिन्तित हो उठे थे। उन दिनों आर्थोपेडिक्स के प्रोफ़ेसर, हुमायूँ कबीर चौधरी अब्बू को देखने आये थे। उन्होंने जेब से मँझोले साइज़ की एक तस्बीह निकाल कर अब्बू के हाथ पर रख दी।

उन्होंने कहा, 'किसी दवा-दारू से काम नहीं होगा, महमूद साहब। लीजिये, यह दरूद (अरबी लिखी हुई, कोई पुर्जा उन्हें थमा दिया) सोने से पहले सत्तर बार पढ़ लीजियेगा। देखियेगा, रोग-बीमारी फुर्र हो जायेगी। सारी तकलीफ़ हवा!'

अब्बू के सिरहाने बैठे, एक डॉक्टर को ऐसा अदभुत इलाज सुन कर, मुझसे भला चुप कैसे रहा जाता?

मैंने छूटते ही सवाल दाग़ा, ‘आपके पास टूटी हड्डी लिये, जो मरीज़ आते हैं, वे लोग यह दरूद पढ़ कर ठीक हो जाते हैं? या फिर भी ऑपरेशन करना पड़ता है? जिपसोना भिगो कर प्लास्टर करना ही पड़ता है?’

उन सज्जन ने चौंक कर मेरी तरफ़ देखा, कोई जवाब नहीं दिया। बस, मुस्कराने लगे। उनकी उस मुस्कान में किसी रहस्य की गन्ध भी मिली थी।

मैं पदार्थ विज्ञान के एक विद्वान को भी पहचानती हूँ। उनका विश्वास है कि उनके गुरुदेव मध्याकर्षण शक्ति की उपेक्षा करते हुए, अपने ध्यान में शून्य में तैर सकते हैं।

तूने तो बांग्ला पढ़ी है। तुझे भला क्या दोष दूँ? ख़ैर, तू चाहे बांग्ला पढ़े या कुछ और, तू ठहरी मेरी बहन! तेरा यह अधःपतन क्यों है? तू क्यों ख़ामख़्वाह धर्म के इन धन्धेबाज़ों के यहाँ दौड़ रही है? बेमानी धन-दौलत, चीज़ों के प्रति तुझे इतना मोह क्यों है? घर में तू क़ुरान पढ़ाने लगी है। तेरे चेले-चामुण्डे सुरानिसा नहीं पढ़ते? जब वे लोग सस्वर सूरा निसा का पाठ करते हैं, सुर में गाते हैं—‘अरबेजालु कावामु ना आलानिसाच विया फाद्‌दाललाहू वदाहूम आला वदीन’, तब ज़रूर तेरी मूमू की पलकें नम हो आती होंगी—अहा, अल्लाह की वाणी कितनी महा-पवित्र है! माँ को तो अरबी सुनते ही, दोज़ख़ के अय्यब की याद हो आती है और वे रो-रो कर बेहाल हो जाती हैं। आजकल क्या उन्हें भी यक्कुम पेड़ के फल, आग, गर्म पानी, साँप और बिच्छू के डंक से डर लगने लगा है? दोज़ख़ की सज़ाओं के बारे में सुन कर एक बार मैंने माँ से कहा था—‘साँप का दंश, आज के ज़माने में कोई भयंकर बात नहीं है। इतने-इतने लोग साँप के दंश के शिकार होते हैं, कितने ही बिच्छू पाँवों तले कुचले-मारे जाते हैं। जोंक मैंने ब्लेड की धार से छील डाला है। आजकल यह सब कोई ख़ास बात नहीं है।’

अच्छा, दुनिया में ऐसा कोई है, जो गर्म पानी से डरता हो? पुलिस तो दंगे-फ़साद छिड़ते ही आँसू गैस और गर्म पानी की बौछार कर देती है। अभी, उसी दिन गर्म पानी से मेरा हाथ जल गया, मैंने फ़ौरन बर्नोल लगा लिया और मजे से ठीक हो गया। आग? आजकल तो लोग आग से खेलने लगे हैं। आज की दुनिया में साँप-बिच्छू-गर्म पानी बिल्कुल छोटी-छोटी समस्याएँ हैं। इन समस्याओं का भय, भला कोई भय होता है, जो दोज़ख़ देख कर डर जाऊँ? इससे तो कहीं ज़्यादा भयंकर होता है, इन्सान! दोज़ख़ की कोई चीज़, उससे भयंकर नहीं होती, नूपुर, जितने दुनिया के चन्द लोग भयंकर होते हैं।

इति,
जमुना

पुनश्च : उपरोक्त आयत का अर्थ है—मर्द, औरत का कर्ता है, क्योंकि अल्लाह ने उनको एक-दूसरे पर श्रेष्ठत्व प्रदान किया है।

बूबू,

काफ़ी अर्से से ख़त नहीं लिख पायी। माँ का ऑपरेशन हो गया। जिस गर्भाशय में भाई रहे, तुम रहीं, मैं रही—वह अंग अब माँ के शरीर में नहीं रहा।

माँ की उम्र अब लगभग पचास के आस-पास है। इसके बावजूद, ऑपरेशन के बाद, होश आते ही वे रो पड़ीं। इसलिए कि अब उनका गर्भाशय नहीं रहा! कैसी अजीब बात है न? इस उम्र में गर्भाशय की भला क्या ज़रूरत, बताओ? इन्सान की इस भावुकता की कोई वजह तुम जानती हो? मैं नहीं जानती। असल में, मुझे काफ़ी कुछ की समझ नहीं है, बूबू!

मैंने और एक अजीब बात पर ग़ौर किया है। अब्बू इन दिनों अम्मी के सिरहाने से पल भर को भी नहीं हिलते, वक़्त से उन्हें दवा

देते हैं, बालों पर हाथ फेरते हुए उन्हें सांत्वना देते हैं—'तुम्हारे तो बेटे-बेटी मौज़ूद हैं। ऐसी बहुत-सी औरतें हैं, जिनके कोई बाल-बच्चा नहीं, फिर भी उन्हें गर्भाशय निकाल फेंकना पड़ा है। तुम तो काफ़ी मज़े में हो, रतन!'

अब्बू अकेले में, माँ को 'रतन' कह कर बुलाते हैं, मैं नहीं जानती थी। अब तक मेरा यही ख़याल था कि अब्बू काफ़ी कड़क इन्सान हैं। वे प्यार-व्यार के मामले में बिल्कुल अनाड़ी हैं। कम पढ़ी-लिखी, कम-ज्ञानी माँ उन्हें अच्छी नहीं लग सकती। लेकिन, इसे क्या नाम दिया जाये बूबू? सच ही क्या यह प्यार है, या वर्षों-वर्षों संग-संग रहते-सहते हुए, एक क़िस्म का मोह है? जो बिल्ली या कुत्ता भी पालो, तो उससे हो जाता है?

ख़त लिखना

इति,

नूपुर

नूपुर,

माँ के गर्भाशय का ख़याल आते ही, अपने जन्म की याद आती है। पिछले कई दिन, इस 'जन्म' तत्त्व ने मुझे काफ़ी सताया है नूपुर!

चूँकि मेरे ज़न्म से पहले, एक बेटा पैदा हो चुका था, इसलिए मेरे जन्म पर कोई हादसा नहीं हुआ। अब्बू ने मुझे गोद में उठा लिया, अम्मी के चेहरे पर हँसी झलक उठी।

बड़ी-माँ ने चीख़-चीख़ कर अड़ोसी पड़ोसियों को जमा कर लिया और सुनाती रहीं—'राजकुमारी आयी है, राजकुमारी!'

चूँकि मेरे पहले, एक बेटा हो चुका था, इसलिए मेरे नाते-रिश्तेदारों ने मुझे सरसों के तेल की मालिश करके, गर्म पानी में नहलाया, नक़्शादार कथरी में लपेट कर अपनी छाती से लगाया। चूँकि मेरे जन्म से पहले, एक बेटा हो चुका था, इसलिए मेरी माँ-बेटी की माँ

बनने की हिक़ारत से बच गयीं। पुत्र की इच्छा अगर पूरी हो गयी हो, तो गृहस्थी के सहृदय लोग बेटी को अनाहूत नहीं मानते, इसीलिए मुझे अपने अब्बू की गृहस्थी में, स्वजन-पड़ोसियों का आदर मिला।

पूरे घर में हलचल मच गयी। बड़े मामा ने मेरा नाम रखा—अदिति; मझले मामा ने नाम दिया—लावण्य, छोटे मामा ने—तृष्णा; छोटी ख़ाला ने नाम दिया—परमा। लेकिन, अन्त में इनमें से कोई भी नाम, मुझे नसीब नहीं हुआ। सभी लोगों की सहमति से, मुझे जो नाम दिया गया, वह था—जमुना! जमुना नाम देने की एक वजह थी। उन दिनों भाई 9 साल के थे। मामा और ख़ालाओं में नये बच्चे के नाम को ले कर, घर के बड़े-ज्येष्ठ लोगों में तुमुल बहस-मुबाहसे चल रहे थे, तभी एक दिन स्क़ूल से लौट कर, भाई ने अपने कपड़े-लत्ते बाँध-बूँध कर एक पोटली तैयार की! यह क्या चक्कर है? यह पोटली क्यों? पोटली ले कर क्या करना है?—इन तमाम सवालों के जवाब में दादा ने सिर्फ़ एक जुमला कहा, '—मैं घर छोड़ कर जा रहा हूँ।'

'क्यों?'

'बच्चे का नाम अगर जमुना नहीं रखा गया, तो मैं घर छोड़ कर जाऊँगा! अभी! इसी वक़्त?'

उफ़! कैसी भीषण बात है!

नाम की वजह से घर का नौसाला बेटा घर छोड़ कर चला जायेगा। मामा-ख़ाला अपना-अपना सुझाया हुआ नाम वापस लेने को लाचार हो गये। इसके बाद, भाई के दिये हुए नाम से ही मुझे पुकारने के लिए, सबके सब तैयार हो गये, क्योंकि मामूली-से एक नाम के लिए, घर का पहला बेटा, उदासी का शिकार हो जाये, यह बात किसी को भी मान्य नहीं थी। वह तो काफ़ी बाद में, जमुना नाम के रहस्य का पता चला। भाई की ही क्लास में कोई अनिन्द्य

सुन्दरी लड़की पढ़ती थी, उसका नाम जमुना था।

तूने पहले कभी यह क़िस्सा सुना है या नहीं, पता नहीं। शायद सुना हो या न भी सुना हो। लेकिन एक कहानी तू नहीं जानती। तब, तू पैदा भी नहीं हुई थी। भाई स्कूल जाने लगा था। मैंने ग़ौर किया कि स्कूल से लौट कर, अपने कपड़े-जूते बदलने के बाद, घर के पिछवाड़े की दीवार तक जा कर, वह कुछ करता है। भाई का स्वभाव बेहद कड़क था। जब तक वह ख़ुद क़रीब न बुलाये, उसके पास जाने की हिम्मत नहीं पड़ती थी। इसके अलावा, शर्म, भय वग़ैरह सैकड़ों वजह से मेरे हाथ-पैर इस क़दर सिकुड़े रहते थे कि मैं घर के बाहर अकसर क़दम नहीं रखती थी। लेकिन एक दिन बड़ी हिम्मत करके, मैं भाई के दीवार-रहस्य का पता करने के लिए, दबे पाँव, चुपचाप उस दीवार तक पहुँच गयी। मैंने देखा दीवार पर रेंगती हुई क़तार-दर-क़तार चींटियों को भाई एक-एक करके पीस रहा है।

'तुम चींटियाँ मार रहे हैं?' मैंने पूछा।

'हूँ!'

'मैं भी मारूँ?'

'हूँ!'

भाई ख़ासा गुरु-गम्भीर था। मैं भी वही गम्भीरता ओढ़े, सामने नज़र आने वाली चींटियाँ, एक-एक करके मारने-पीसने लगी।

अचानक भाई ने मुझे धकिया कर हटाते हुए कहा, 'तूने तो एक काले चींटे को भी मार दिया?'

परम विस्मय के, मेरी ज़ुबान नहीं फूटी।

भाई हिक़ारत भरे लहज़े में कहता रहा, 'काले चींटे तो मुसलमान होते हैं, लाल चींटियाँ हिन्दू! सिर्फ़ लाल चींटियाँ ही मारना। काले चींटे कभी मत मारना।'

मैंने हुँकारी भरते हुए सिर हिलाया और दीवार पर रेंगती हुई चींटियों में से चुन-चुन कर लाल चींटियाँ मारने लगी। इसके बाद, बिना किसी को कुछ बताए, हर शाम मैं और भाई घर की सभी लाल चींटियों का काम तमाम करने लगे। लाल चींटियों के प्रति भाई का क्या भयंकर ग़ुस्सा! कोई काला चींटा अगर मामूली-सी भी चोट खा जाता था, तो भाई झट उसकी सेवा-शुश्रूषा में जुट जाता था।

मुझे नहीं मालूम कि काले और लाल चींटे-चींटियों के हिन्दू-मुसलमान होने की हक़ीक़त, भाई ने कहाँ से ईजाद की थी। हालाँकि यही भाई जब बड़ा हुआ, तो एक हिन्दू लड़की से मुहब्बत की और उसी से अपना ब्याह रचा लिया। ये सब बातें कितनी अदभुत लगती हैं न, नूपुर? अब मुझे देख, मैं दारू और औरतबाज़ मर्दों से किस क़दर नफ़रत करती थी, लेकिन अब मुझे ही किसी शख़्स के साथ रहना पड़ता है, जो हर रात शराब में डूबा रहता है और अलग-अलग औरतों में डूबे रहने में जिसकी ज़िन्दगी गुज़र रही है। हर सुबह उसके लिए अपने हाथों से नींबू का शरबत तैयार करना पड़ता है; डबलरोटी पर मक्खन लगा कर, बेहद नरम-कोमल आवाज़ में उसे आवाज़ देनी पड़ती है—'उठो जी, नाश्ता तैयार है।' ना, अभी तक तो और किसी शख़्स को मुझसे कोई शिकायत नहीं है। मैं, हुमायूँ नामक एक दारूबाज़ और लम्पट मर्द के आश्रय में हूँ। भई, वह दारूबाज़ हो, लम्पट हो, मगर है तो आख़िर मर्द! मर्द के आश्रय में रहो, तो किसी की भी अविश्वासी नज़रें, दरवाज़े की सूराख से नहीं चिपकी होतीं।

मैं तो जी गयी, नूपुर! तुम लोगों के अविश्वास का सर्प अब मुझे नहीं डंसता। एक तरह से मैं बच गयी। क्यों तू क्या कहती है?

जमुना

ब्राह्मपल्ली
मयमन सिंह

बूबू,

यह तुम्हारा किस ढंग का जीना है, बूबू? अब्बू ने तुम्हें मर जाने को कहा था, इससे तो बेहतर था कि तुम सच ही मर-खप जातीं। उस मरदूद के साथ सोते हुए, तुम्हें हिक़ारत नहीं होती। तुम यह कैसे कर पाती हो?

तुम अच्छी-सी नौकरी करती हो; अच्छी-सी तनख़्वाह मिलती है; अपने पैसों में अपना गुज़र-बसर करती हो। मर्दों के आश्रय बिना औरत का जीना मुश्किल है—यह बात कहना, कम-से-कम तुम्हें शोभा नहीं देता।

किसी ज़माने में हम सभी साबिर के समर्थक थे, हाँ थे, क्योंकि वह लड़का काफ़ी लच्छेदार बातें करता था। बातें करने का हुनर उसे आता था। उसका हर जुमला विश्वसनीय लगे, इस कोशिश में, ऐसा कोई काम नहीं था, जो वह कर नहीं गुज़रता था। तुम्हें ख़बर नहीं, साबिर अकसर हमारे यहाँ आ धमकता था। एक दिन अचानक काफ़ी रात गये, दरवाज़े पर ज़ोर-ज़ोर से दस्तक हुई। दरवाज़ा खोला, सामने साबिर खड़ा था। अब्बू सो चुके थे। उनकी भी नींद टूट गयी। वे भी बाहर निकल आये। अम्मी और भाई भी आ पहुँचे।

मैंने पूछा, 'साबिर भाई, क्या बात है? इतनी रात गये आप?'

वह ड्रॉइंगरूम में चला आया और सोफ़े पर काफ़ी देर तक गुमसुम बैठा रहा। पूरे पैंतीस मिनट तक उसकी ज़ुबान नहीं खुली। माँ उसके लिये खाना परोस कर ले आयीं। उसने उस खाने को हाथ भी नहीं लगाया।

पूरे पैंतीस मिनट बाद, पहली बार उसकी जुबान फूटी, 'आपकी बेटी की मनमानी के मारे, मेरी जान पर आ बनी है।'

मुझे पता है, यह जुमला सुन कर, अब्बू मन-ही-मन बेतरह चौंक गये।

'क्यों? क्या हुआ?' उन्होंने दरयाफ़्त किया।

'मेरी बूढ़ी माँ, कुछ ही दिनों में अल्ला को प्यारी हो जायेगी। उनके साथ जमुना जो-सो बर्ताव करती है।'

'लेकिन बूबू किसी से भी बेअदबो नहीं करती—' मैं बोल उठी।

'तुम अपनी बूबू को कितना-सा जानती हो?'

'कम-से-कम जितनी उम्र है मेरी, उतना तो जानती ही हूँ।'

'उसने किया क्या?' अब्बू ने दरयाफ़्त किया।

अचानक सबको अचम्भे में डाल कर, वह ज़ोर-ज़ोर से रो पड़ा। तब तक अब्बू, अम्मी, मैं, भाई, यहाँ तक कि भाभी भी दरवाज़े पर आ खड़े हुए। इतने सारे लोगों के सामने कोई मर्द-बच्चा आधी रात को यूँ चीख़-चीख़ कर रो उठे, तो कैसी अजब हालत होती है, ज़रा बताओ? अब्बू एकदम से, साबिर पर झुक आये।

बेहद टूटे-फूटे, कमज़ोर, विनत लहज़े में अब्बू ने उसे तसल्ली दी, 'रो मत, बेटा! मत रो, बेटा साबिर! इसका कोई-न-कोई फ़ैसला ज़रूर होगा। कोई-न-कोई नतीजा ज़रूर निकलेगा।'

साबिर ने सिर उठा कर कहा, 'उस दिन कोई आदमी जमुना को पूछता हुआ आ धमका। लेकिन हम ठहरे शरीफ़ ख़ानदान के शरीफ़ लोग! मेरे स्वजन-परिजन उसकी उच्छृंखलता कैसे बर्दाश्त करें?'

अब्बू साबिर की पीठ सहलाने लगे। लेकिन मेरे अन्दर, जैसे किसी ने कच्ची झोंपड़ी की घास-फूस में मानो आग सुलगा दी हो।

मैं भी फूत्कार उठी, 'हम भी किसी ग़ैर-शरीफ़ ख़ानदान के नहीं हैं। वह आदमी बूबू के पास किसी काम से ही आया होगा।'

साबिर एकदम से दहाड़ उठा, 'कैसा काम? मेरे ही घर में आ कर, जमुना से रंग-रस की बातें करता है, इश्क़ फ़रमाने आता है, उसकी यह मजाल? इतनी हिम्मत उस ब्लडी इमदाद में आयी कहाँ से?'

मैं हँस पड़ी, 'आप इमदाद भईया के बारे में कह रहे हैं? वह तो हमारे परिवार के परम घनिष्ठ हैं। बिल्कुल सगे भाई की तरह! मेरे यह जो भाई हैं, इस भाई से भी कहीं ज़्यादा अपने हैं...'

'हाँ, हाँ, इसीलिए तो इतना लिपटा-झपटी चलता है।'

अब्बू ने सिर झुकाये-झुकाये ही कहा, 'इमदाद तो काफ़ी शरीफ़ बच्चा है! वह जमुना से तो इतना स्नेह करता है, कि... ।'

'हाँ, आप लोगों को तो वह छोकरा, यही समझाता रहा। कोई नाजायज़ रिश्ता, लम्बे अर्से तक चलाने के लिए, भाई-बहन का रिश्ता काफ़ी सुरक्षित होता है।'

इसके बाद मुझसे वहाँ बैठा नहीं रहा गया। मैं उठ कर अपने कमरे में चली आयी। अब्बू और साबिर भाई, पूरी रात बातें करते रहे।

जब सुबह हुई, तो टहलने के इरादे से आँगन में निकल आयी। सुबह-सवेरे की गुनगुनी धूप ने मेरी सारी उदासी ख़त्म कर दी या नहीं, मैं अपने को परख रही थी।

अब्बू भी बुझा-बुझा चेहरा लिये, बरामदे में आ खड़े हुए।

'साबिर भाई क्या सो रहे हैं?' मैंने दरयाफ़्त किया।

'हूँ—'

'और क्या कह रहे थे?'

'असल में जमुना काफ़ी उच्छृंखल हो उठी है।'

'तुमको उन्होंने जो समझा दिया, तुमने वही समझ लिया?'

'न समझूँ, तो और क्या करूँ?'

'असल में, इमदाद भाई वाला मामला लगता है कि कुछ भी नहीं है। बूबू से फ़ोन पर मेरी बात हुई है। इमदाद भाई दफ़्तर के ही काम से, कोई ज़रूरी बात करने के लिए, गये थे। वे दोनों एक ही दफ़्तर में काम करते हैं। सैकड़ों तरह के ज़रूरी काम हो सकते हैं। इसके अलावा, अगर कोई बन्दा बूबू से बात करने चला भी

गया, जान-पहचान का कोई बन्दा, तो क्या हो गया, अब्बू? बताओ, यह कोई ग़लत बात है?'

'विवाह हो जाने के बाद, पराये लोगों से इतने मेलजोल, इतनी बातचीत की क्या ज़रूरत है?'

'अब्बू, तुम क्या नहीं जानते कि हमारे मुसीबत के दिनों में सबसे ज़्यादा कौन हमारा सहाय हुआ था? इमदाद भईया! तुम्हारी ज़मीन-जमा का झमेला, इन्कम-टैक्स का काम कौन करता है? इसके अलावा, बूबू के विवाह के सारे कामकाज में, अकेले ही, किसने भाग-दौड़ की थी? भाई ने कितने दिन हाथ बँटाया? जो इन्सान, हमारे परिवार के इतने क़रीब है, सभी लोगों के क़रीब है, वह अगर बूबू का हाल-समाचार लेने जाये, तो तुम मना करोगे?'

अब्बू पथराए खड़े रहे! आँखें झुकी हुईं।

'साबिर चाहता है, वह अपनी पूरी तनख़्वाह उसके हाथ पर रख दे–' उन्होंने कहा।

'यानी गुस्से की मूल वजह यह है–'

'मैं सब समझता हूँ, नूपुर!'

'तो फिर इमदाद भईया का नाम लगा कर, यह जो इतनी-इतनी फूहड़ बातें उड़ा रहा है, हम उसका विरोध क्यों नहीं कर रहे हैं?'

अब्बू को मैंने बहुत कम रोते हुए देखा है, बूबू! उस वक़्त अब्बू की आँखें भीग उठी थीं।

'उसका मुँह कैसे बन्द करेगी? साबिर काफ़ी धूर्त बन्दा है। पहले मेरी समझ में नहीं आया, नूपुर!'

इस तरह साबिर अकसर आ धमकता था। आते ही वह ख़बर देता था कि समूचे शहर में यह ख़बर फैल चुकी है कि बहुत जल्दी ही तुम, इमदाद भाई के साथ फ़रार होने वाली हो। तुम्हारे स्वेच्छाचारी स्वभाव की वज़ह से साबिर का मान-सम्मान के साथ जीना असम्भव हो आया है, मैंने तुम्हें ये बातें कभी नहीं बतायीं,

इसलिए कि तुम्हें दुख होगा।

वैसे अब्बू ज़रूर बीच-बीच में झूठमूठ की गम्भीरता ओढ़ कर, तुमसे कहते थे, 'अपनी कमाई का सारा रुपईय्या पति के हाथ पर रख देने से, गृहस्थी में सुख-चैन बना रहता है। तुम भी, अपने पास कुछ मत रखा करो। तुम्हें रुपयों की ज़रूरत पड़े, तो साबिर से माँग लिया करना।'

मैंने ग़ौर किया है, तुम उनकी बातें सुन कर, ख़ासी हैरत में पड़ जाती थीं। कम-से-कम अब्बू ऐसे पुरुष-तन्त्र के शिकार हैं, तुमने पहले कभी नहीं सोचा था। लेकिन अब्बू का भी भला क्या क़सूर, बताओ? रुपयों का दबाव डाल कर, अब्बू, साबिर का मुँह बन्द करने की कोशिश तो करते थे। अब्बू ने उसे क्या नहीं दिया? फ्रिज, टी.वी., वी सी आर, घर का पूरा फर्नीचर—इतना सब पाने के बाद भी, साबिर की पाने की लालसा नहीं मिटी।

हमने तुम्हें धर-पकड़ कर, एक अर्थलोभी, कायर इन्सान से तुम्हारा विवाह कर दिया था। बूबू, तुम हम लोगों को कभी माफ़ मत करना। हम सब माफ़ी के लायक़ नहीं हैं। तुम्हारी ज़िन्दगी तबाह होने के मूल में हम लोग ही हैं। हम लोगों ने ही किसी अच्छी-भली लड़की को सजा-सँवार कर, नरक में धकेल दिया। सुनो, तुम हम सबको, भूले से भी, कभी माफ़ मत करना।

इति

नूपुर

शान्तिबाग़
ढाका

नूपुर,

बुद्धू लड़की! ज़िन्दगी क्या कोई बद्धा पोखर है, जो इसका ठहरा हुआ पानी कंघाला जाये? ज़िन्दगी तो सागर जैसी है। सागर

क्या कभी नष्ट होता है?

हाँ, कभी-कभार साबिर की याद हो आती है! उस पर मुझे एक तरह से तरस आता है। बे-चा-रा! आजकल भरे समुन्दर में उसका घर-संसार है। तीन-तीन गाड़ियाँ, घर में करोड़पति की बेटी! साबिर आजकल शायद महासुखी है। इमदाद को लपेट कर, वह बेवजह ही झमेला करने की कोशिश करता था। वैसे तुम लोगों के घर जा कर, इतना कुछ धमाका करता था, यह मैं नहीं जानती थी। लेकिन इस शहर में उसकी जान-पहचान के जितने भी लोग हैं, उन लोगों को बुला-बुला कर, उसने इमदाद का किस्सा सुनाया है। वह यह कहता फिरा कि नौकरी के नाम पर मैं घर से निकल जाती हूँ और इमदाद के साथ सैर-सपाटे करती हूँ। शारीरिक सम्बन्धों का इशारा, वह कितने फूहड़ ढंग से प्रचारित कर सकता है, यह बात मुझसे ज़्यादा, तुम लोग जानती हो। क्यों, जानती हो न?

जिस दिन वह, दीवा नामक किसी लड़की को साथ ले कर, सीधे मेरे सोने के कमरे में आ घुसा, उस वक़्त काफ़ी रात हो चुकी थी। मैं जगी हुई थी। कहते हैं कि रात जाग कर, पति का इन्तज़ार करना, लक्ष्मी औरतों का लक्षण है। इसीलिए, मैं भी इन्तज़ार करती थी। दीवा से साबिर का कैसा रिश्ता था, इस बात को ले कर मेरे मन में हल्का-सा भी कोई ख़याल नहीं जागा। सच तो यह था कि दीवा को साथ ले कर, कमरे में आने के पीछे उसका अहम उद्देश्य था, मुझे बेइज़्ज़त करना। मेरे साथ इमदाद का नाम जोड़ कर, उसे ख़ास सुविधा नहीं हो पा रही थी! मुझसे तो उसे कोई फ़ायदा नहीं मिला। उसके यार-दोस्त उसका अहवाल सुन कर कुछेक दिन ज़रूर नाचे, बाद में, वे लोग भी ऊब गये, क्योंकि हवा में भला कितने दिन नाचा जा सकता है? अन्त में अब्बू ने भी उसकी शिकायतों का नोटिस लेना छोड़ दिया था।

तूने ही बताया था कि अब्बू के सामने, जब वह यह प्रसंग

छेड़ता था, तो अब्बू कहते थे, 'भई, यह तुम दोनों का मामला है, तुम दोनों आपस में सुलझाओ। अब मेरी उम्र हुई। इस उम्र में इतनी अशान्ति अच्छी नहीं लगती।'

साबिर भी छूटते ही सुना देता था, 'ठीक है! तो अपनी बेटी को ले आईये और रखिये अपने पास। मैं ऐसी लड़की के साथ नहीं रह सकता। अपने नाते-रिश्तेदारों को मैं मुँह नहीं दिखा पाता।'

दीवा शक्ल-सूरत से तो अच्छी नहीं थी, मगर अद्भुत सरल थी। उस रात, उन दोनों ने मेरे बेडरूम में रात बितायी। यह सुन कर तुझे अचरज हो रहा है? तू सोच रही है कि यह भी भला क्या मुमकिन है कि अपनी बीवी को धकेल कर, किसी परायी औरत के साथ रात गुज़ारे, कोई पति भला ऐसा कर सकता है? और कोई ऐसा कर सकता है या नहीं, मुझे नहीं पता, लेकिन साबिर ऐसा कर सकता है। मैं हैरान आँखों से दीवा को निरखती रही। उसके बदन पर नीले रंग की कतान साड़ी, बालों की वेणी में बेल फूलों की माला लिपटी हुई। बदन पर सोने के ढेरों गहने। उन दोनों ने शायद उसी दिन विवाह भी कर लिया था। विवाह के बाद भी साबिर के लिए रहने की जगह की कोई कमी नहीं थी। अगर वह चाहता, तो किसी दोस्त के घर या किसी होटल में रात गुज़ार सकता था। सीधे मेरे बेडरूम में चले आने का मुख्य कारण था—मुझे चोट पहुँचाना, ताकि मैं तकलीफ़ में घुलते-घुलते दम तोड़ दूँ। उस रात मुझे तकलीफ़ ज़रूर हो रही थी, लेकिन अपने लिये नहीं, दीवा के लिए! बुद्धू लड़की! पुराने-से बिस्तर पर सोने वह क्यों आयी! जिस बिस्तर पर अभी पिछली रात भी कोई अन्य औरत अपने पति के साथ सोयी थी। उसके सोने के निशान, बिस्तर पर अभी भी ज्यों के त्यों थे। उस बिस्तर पर वह क्यों अपने विवाह की रात गुज़ारने आयी? दीवा की जगह अगर मैं होती, तो मैं कम-से-कम ऐसी बेवकूफ़ी तो नहीं करती।

मैं तो कहूँगी, साबिर ख़ासा ठगा गया था, क्योंकि साबिर नाम का शख़्स अब मेरी ज़िन्दगी में नहीं था, इसकी मुझे लेशमात्र भी तकलीफ़ नहीं हुई। मुझे अपमानित करने के लिए उस रात उसने जो नाटक किया था, उससे मैं ज़रा भी अपमानित नहीं हुई। मुझे तो लगा, अपमान दरअसल दीवा का किया गया है। दीवा भले कितनी भी असुन्दर हो, वह साबिर की बीवी थी।

नयी बहुरिया के साथ, पुरानी बीवी का बिस्तर इस्तेमाल करना, किसी असभ्य समाज में भले अशोभन न हो, लेकिन ऐसे शिक्षित, सभ्य और शरीफ़ समाज में कैसे शोभा दे सकता है?

मैं ड्रॉइंगरूम में टाँगें फैला कर सो गयी। हैरत की बात क्या थी, पता है, नूपुर? उस रात मुझे बहुत अच्छी नींद आयी। सुबह जब मेरी नींद टूटी, मैंने देखा, दीवा नामक वह औरत, बरामदे में चहलक़दमी कर रही थी। उसे देख कर, मुझे दुबारा उस पर तरस आने लगा। इसी घर में और एक औरत मौज़ूद थी। यह सच है कि वह औरत अपने पति से आपादमस्तक नफ़रत करती थी, फिर भी उस औरत की देह पर उसके पति के प्यार की यादें मौजूद हैं, बिल्कुल उसी क़िस्म की यादें, अपनी देह पर वहन करके, आज, भोर के उजाले में, वह चहलक़दमी कर रही थी। दीवा को देख कर ही मैंने फ़ैसला किया कि मैं चली जाऊँगी।

अगले दिन, उस वक़्त तक भी साबिर नींद से नहीं जागा था। मैं बरामदे में दीवा के पास ही, रेलिंग से टिक कर खड़ी हो गयी। दीवा ने मेरी तरफ़ पलट कर नहीं देखा। वह शायद मन-ही-मन डरी हुई थी कि मैं उसे कहीं, कोई ऐसी-वैसी बात न कह दूँ।

ख़ैर कड़े लहज़े में तो हरगिज़ नहीं, बल्कि मैंने बेहद नर्म लहज़े में उससे सवाल किया, 'आपका नाम दीवा है न?'

दीवा ने मेरी तरफ़ देखे बिना ही हुँकारी भरी, 'हूँ—'

वह लड़की मुझे बेहद भली लगी। बदन पर वही पिछली रात

वाली साड़ी सिमटी-सिकुड़ी हुई।

मेरा मन हुआ कि मैं उससे कहूँ—'लड़की, तुम साड़ी बदल लो। उस कमरे में एक नयी सूती साड़ी पड़ी है।'

मेरा यह पूछने का भी मन हुआ, 'लड़की तुम अदरख की चाय पीओगी? मैं बेहद अच्छी चाय बना लेती हूँ। तुम पीओगी? अगर तुम्हें एतराज़ न हो तो मैं अपने दोनों के लिए दो प्याली चाय बना सकती हूँ।'

मेरे मन में शिद्दत से यह चाह जाग उठी कि उसके बाद हम दोनों अभागी औरतें बरामदे में बेंत की कुर्सी पर बैठे-बैठे हिलते-झूमते शैशव की गपशप करें।

मेरे मन में यह चाह भी जागी कि उससे पूछूँ, 'तुम गोल्लाछूट खेल जानती हो? एक बार गोल्लाछूट खेलते हुए, मेरी दाहिनी एड़ी में खजूर का काँटा गड़ गया था। पूरे दस दिन चल नहीं पायी। दस दिन बाद, हस्पताल जा कर काँटा निकलवाया।'

असल में उस औरत को देख कर, एक तरह से मेरा एकांकीपन कटता जा रहा था। उस घर में गपशप करने के लिए एक हमउम्र इन्सान मिल गया था। साबिर उम्र में मुझसे छह साल बड़ा था। ख़ैर, छह साल बड़ा शख़्स दोस्त नहीं हो सकता, ऐसा भी नहीं है, लेकिन साबिर असल में मेरा अभिभावक बनना चाहता था। उसे मैंने अपनी शादीशुदा जिन्दगी में, सिर्फ़ स्वामी यानी प्रभु, मालिक, हुज़ूर, अधिपति के रूप में ही पाया था, दोस्त के रूप में कभी नहीं।

मैं दो प्याली चाय बना लायी, एक प्याली उसे थमा दी, दूसरी ख़ुद थाम ली। चाय की चुस्कियाँ लेते हुए मेरी निगाहें सामने के घर-मकान, पेड़-पौधों पर घूमती फिरीं। बिजली के तार पर एक जोड़ी चिड़ियाँ बैठी थीं। मैं उनका फ़ुदकना-खेलना दखेती रही। उस वक़्त मुझे ज़रा भी बुरा नहीं लग रहा था। चाय ख़त्म करने के बाद, दीवा पर नज़रें ठहरते ही, मैं एकदम से आहत हो आयी। दीवा की

चाय ज्यों की त्यों पड़ी थी। ख़ैर, उसके साथ मेरी शैशव-किशोर की गपशप नहीं हो पायी। कुछ देर बाद, दीवा उठ कर चली गयी। उसने कोई बात नहीं की।

मैं जस की तस बैठी रही।

क़रीब पन्द्रह मिनट बाद, साबिर आया।

उसके बदन पर, वही मेरी पसन्द का ट्राउज़र। मैं उसी मुद्रा में बैठी रही।

'तुम जा कब रही हो?' उसने पूछा।

'मतलब?'

'मतलब, इस घर से तुम्हें जाना पड़ेगा।'

'कहाँ?'

'जिसने तुम्हें इस घर में भेजा था, फ़िलहाल, उसी के पास चली जाओ।'

'तुम क्या अब्बू की बात कर रहे हो?'

'उस सूअर के अलावा और किस की बात करूँगा?'

'और हमारे रिश्ते का क्या होगा?'

'वह तो तुम यहाँ से दफ़ा होगी, तो पता चल जायेगा।'

उस वक़्त, मेरी जगह तू होती, तो पता नहीं क्या करती। मैं जिस साड़ी में थी, पाँवों में जो चप्पल पड़ी थीं, बस, मज़े से उसी हुलिया में चली आयी। उस वक़्त सुबह के नौ-साढ़े नौ बजे थे। हाथ में न कोई रुपया-पैसा, न और कुछ! डेढ़ वर्षों में सजाई हुई गृहस्थी, पीछे छोड़ कर मैं चली आयी। ना, मुझे कोई तकलीफ़ हुई, नूपुर! तूने तो ख़ुद देखा था। मैंने दफ़्तर से दो हफ़्तों की छुट्टी ली, मयमन सिंह में तुम लोगों के घर, ब्राह्मपल्ली तक चली आयी और तेरे साथ मोनोपॉली खेलने बैठ गयी। शाम को सैर को निकली। रात को अमिताभ बच्चन की, एक वीडियो फ़िल्म देखी। तकलीफ़ क्यों होती? जो मुझे प्यार नहीं करता, उसके लिए किस दुख में

तकलीफ़ महसूस करती? बल्कि यह तो लगातार मिलनेवाले कष्ट से, एक क़िस्म की मुक्ति ही थी।

जमुना

बूबू,

तुम क्या पत्थर की बनी हो, जो तुम्हें तकलीफ़ नहीं होगी? ख़ैर, तकलीफ़ तो तुम्हें हुई है, अभी भी हो रही है! लेकिन तुम दिखाना नहीं चाहतीं। स्वामी, चाहे वह कितना भी अमानुष हो, कमरे में किसी परायी औरत के साथ दाख़िल हो; उस परायी औरत के साथ, एक ही कमरे में रात गुज़ारे और तुम दूसरे कमरे में सोओ, फिर भी तुम्हें दुख न हो—यह बात, अगर तुम मेरे पेट पर रिवॉल्वर गड़ा कर विश्वास दिलाने की कोशिश करो, तो भी मैं विश्वास नहीं करूँगी। अगर तुम इन्सान हो, तो तुम्हें तकलीफ़ भी हुई होगी। दो प्राणियों में प्यार-मुहब्बत भले न हो, कम-से-कम साथ रहने की तो आदत पड़ ही जाती है। यह आदत अचानक नष्ट हो जाये, तो तकलीफ़ क्यों नहीं होगी भला? मुझे तो यह अचरज हो रहा है कि उस रात तुम बग़ल के कमरे में सोने चली गयीं। तुम्हारी जगह अगर मैं होती, तो समूचा घर-द्वार ही जला कर फूँक देती और उस भयंकर अग्निकाण्ड में पति की सुहाग-सेज भी जलते हुए देखती। तुम्हें क्या बिल्कुल गुस्सा नहीं आता, बूबू? तुम सबको माफ़ कर देती हो। लेकिन माफ़ करने की तुम्हें ज़रूरत क्या है? तुम्हारे पास क्या नहीं है? तुम अधूरी कहाँ हो? उस वीभत्स रात के बाद भी उस असभ्य जानवर से तुमने सवाल किया कि तुम कहाँ जाओगी; तुम दोनों के रिश्ते का क्या होगा?

भई, तुम्हारे पास क्या नहीं है? तुम्हारे पास रूप है, शिक्षा है। तुम अपने पैरों पर खड़ी हो। तुम्हारे पास क्या कुछ नहीं है, जो तुमने साबिर के कमरे में देखा, फिर भी तुमने उसे अपनी सहेली

मान लिया? अरे, वे लोग तुम्हारी बेइज़्ज़ती करते, इससे पहले ही तुम उन लोगों पर थूक कर चली क्यों नहीं आयीं? जिस दिन उस शख़्स ने पहली बार तुमसे रुपये-पैसे की बात की, इमदाद के नाम उछाल कर, झूठे-झूठे कहानी-किस्से गढ़े, उसी दिन चली क्यों नहीं आयी? अपने को इस हद तक बेइज़्ज़त होने देने में तुम्हें शर्म नहीं आयी? तुम तो अपने को बेहद प्यार करती हो, बूबू! तुम अपमान कैसे बर्दाश्त कर पाती हो?

साबिर ने तुम्हें तलाक़नामा भेजा है। इसे ले कर तुममें कोई प्रतिक्रिया नहीं हुई, मैंने देखा है। अब्बू साबिर के ख़िलाफ मुक़दमा ठोंकना चाहते थे, तुमने ही रोक दिया। असल में तुम शायद, काफ़ी दिनों से जो मानसिक यन्त्रणा झेल रही थीं, उसमें छुटकारा पाने के असीम आनन्द में डूब गयीं; तुम्हें विच्छेद या विभेद की कोई यन्त्रणा स्पर्श तक नहीं कर पायी। हालाँकि तुम्हें पता नहीं कि तुम्हें भेजे गये तलाक़नामे का काग़ज़ देख कर, मैं अपने कमरे का दरवाज़ा बन्द करके, समूची दोपहर रोती रही थी, शाम को, तुम अकेली ही छत पर बैठी थीं और अकेली ही गा रही थीं–'धीरे-धीरे! धीरे बहो, ओ हवा उत्ताल...' मैंने वह तलाक़नामा तुम्हें थमा दिया। तुम वह तलाक़नामा पढ़ती रहीं और उत्ताल हवा...गीत गुनगुनाती रहीं। तुम यह सब, इतना कुछ कैसे बर्दाश्त कर लेती हो, बूबू? तुम पत्थर नहीं हो, मुझे एहसास है। तुम अपने को जबरन पत्थर बनाये रखती हो।

आज भी मुझे यही लगता है! आज भी तुम अपने अन्दर के पानी जैसे स्वभाव वाले इन्सान को बर्फ़ बनाये रखती हो। तुम कैसी हो, सच-सच बताओ, बूबू!

ख़त लिखो!

नूपुर

नूपुर,

मैं कैसी हूँ, मुझे ठीक-ठीक नहीं पता। मैं बेहद सुखी थी, जब मैं अकेली थी। अपनी मर्ज़ी के मुताबिक़ जीने का सुख मैं जानती हूँ। तुम लोगों ने मुझे वह सुख जीने नहीं दिया। मेरे पैरों में बेड़ियाँ पहना दीं, क्योंकि बेड़ियों में जकड़ी औरत के बारे में कोई बुरी बात या बदनामी नहीं फैलाता। यह जो लोग-बाग मुझे भली कहने लगे हैं; जमुना को लक्ष्मी बेटी कहने लगे हैं और ख़ुश हैं कि अब मैं पति की गृहस्थी में रम गयी हूँ, इससे मुझे क्या फ़ायदा हुआ, नूपुर?

आख़िर मैं भी इन्सान हूँ; मेरी भी कोई इच्छा-अनिच्छा है, यह बात मैं किसे समझाऊँ? इस हुमायूँ नामक मर्द से विवाह करने की मुझे कोई ज़रूरत नहीं थी। अब्बू ने तो आख़िरकार मुझे मर जाने की हिदायत दे ही दी थी। उनके मुताबिक अकेले रहते-रहते मैं भ्रष्ट होती जा रही थी। इन्सान बड़ी आसानी से औरतों को भ्रष्ट की उपाधि दे देता है। यह भ्रष्ट होना कहते किसे हैं, नूपुर? मर्दों के साथ रिश्ता जुड़ जाये, तो औरत नष्ट हो जाती है? भ्रष्ट हो जाती है? लेकिन मर्द जब औरत से किसी तरह का रिश्ता जोड़ता है, तब तो वह नष्ट नहीं होता। सच तो यह है कि घर से बाहर, मर्दों से रिश्ता जोड़ने के लिए, देश ने ही सारा इन्तज़ाम कर रखा है। कुछेक नष्ट औरतों को ले कर पतितालय की स्थापना की गयी है। मर्द उन सब नष्ट औरतों को खिलौने की तरह खेलते हुए भी 'नष्ट' नहीं होता। अपनी निःसंगता के दिनों में, अगर मैं चाहती, तो ढेरों मर्दो के साथ सेक्स-सम्बन्ध स्थापित कर सकती थी, लेकिन मैंने ऐसा नहीं किया। ऐसे सम्बन्धों के प्रति, मुझमें ख़ास कोई आवेग नहीं जागता। लेकिन अगर मैं चाहती, अगर मैं अपनी देह-चाह पूरी करती, तो बताओ, वह कहाँ से ग़लत होता? उन दिनों मैं किसी के प्रति, किसी तरह से भी दायबद्ध नहीं थी; मैंने किसी के आगे यह शर्त भी नहीं रखी थी कि मैं उसके अलावा, अन्य किसी को भी

स्पर्श नहीं करूँगी, फिर...? छूना-छाना कोई अन्याय नहीं है, नूपुर! औरतों का चरित्र और चरित्रहीनता, सिर्फ़ उस से जुड़ी घटनाओं से तौला जाता है, कैसा अजीब नियम है, तू ही बता?

नूपुर, मैं तेरे बारे में बेहद गहराई से, बेहद घनिष्ठ ढंग से सोच सकती हूँ, क्या तू भी? तुझे क्या पुराने दिन अभी भी याद आते हैं? मुझे बेतरह याद आते हैं। तुम लोगों के पास जाने का मेरा बेहद मन होता है। अब्बू को कितने अर्से से नहीं देखा। माँ क्या अभी भी पहले की तरह ही निर्लिप्त और बुझी-बुझी रहती है? हुमायूँ नामक ज़ंजीर मेरे तन-बदन-पाँवों में लिपटी रहती है। मुझे समझ में नहीं आता कि इस लड़के के लिए, मेरे मन में गुपचुप कोई मोह है या नहीं! शायद है!

सुन, नूपुर, तू ज़्यादा-ज़्यादा ख़त लिखा कर मुझे! लम्बे ख़त! ताकि उसे पढ़ते-पढ़ते मेरी शामें गुज़र जाये। आजकल मेरी शामें काटे नहीं कटतीं! कमरे में बैठे-बैठे मेरे तन-मन पर भी जैसे सिवार जम गयी है! सुन, नूपुर सुन ना, तू ख़त लिखा कर! तेरे लिये मुझे बेहद डर लगता है, जाने कब तो तेरी शादी हो जाये, जाने कहाँ चली जायेगी तू! जाने कौन तो प्रकट हो जायेगा, तुझ पर शासन करने लगेगा। तू क्या तकलीफ़ झेल सकेगी, नूपुर? मेरी तरह?

तेरी

बूबू

बूबू,

मैं किसी भी तरह की तकलीफ़ में नहीं हूँ, सुन, जो मुझे सुख-चैन देगा, मैं उसी से शादी करूँगी। मानती हूँ, तुम मुझसे कहीं ज़्यादा जानती हो, कहीं ज़्यादा समझती हो! मैं समाज, घर-गृहस्थी में व्यस्त रहती हूँ, थोड़ा-बहुत धर्म-कर्म भी करती हूँ; इस मामूली-से गृहस्थीपन से बाहर, मेरा दायरा भी काफ़ी नपा-तुला है।

लेकिन, एक बात बिल्कुल साफ़ है। मैं विनिमय में विश्वास करती हूँ। जो मुझे दो पैसे देगा, उसे मैं ठीक दो पैसे ही वापस करूँगी। जो मुझे नहीं देगा, मैं भी उसे कुछ नहीं दूँगी।

वैसे तुम इसके बिल्कुल उलट हो। तुम कोई प्रतिदान नहीं चाहतीं। तुम तो निहायत दरियादिली से बस, दे कर ही ख़ुश होती हो। यह जो समाज है, इसमें भलेमानस लोगों के लिए कोई जगह नहीं है। बूबू! जो भले हैं, इसीलिए तकलीफ़ पाते हैं। सुनो, थोड़ी बुरी बनो, बूबू! जब तक तुम थोड़ी-बहुत बुरी नहीं बनोगी, तुम्हें साँस लेने को हवा नहीं मिलेगी। लोग तुम्हारा सम्मान नहीं करेंगे, तुम अगर थोड़ी बुरी बन जाओगी, ख़ूबसूरत से जीवनयापन की भी अभ्यस्त हो जाओगी। थोड़ी-स बुरी बन जाओ, तो मछली-भात खा कर, तुम आराम से जी सकोगी।

उस हुमायूँ नामक लड़के के लिए, तुम्हें माया होती है। इतनी सारी माया तुममें आयी कहाँ से, बूबू? तुम्हें अब्बू के लिए माया होती है, अम्मी के लिए होती है! मेरे लिए, और अब, हुमायूँ के लिए भी हो रही है, इतनी-इतनी माया ले कर जीना, शायद सुखद होता है।

अच्छा, बूबू, तुम क्या इन सबसे निकल आना चाहती हो? या माया में पड़ कर ही जीवन गुज़ारने की अभ्यस्त होना चाहती हो? जैसे तुम रह रही हो, जैसे नौकरी-चाकरी कर रही हो, हुमायूँ की घर-गृहस्थी सँभाल रही हो। सुनो, बूबू, तुम ऐसा करो, कोई एक बच्चा गोद ले लो। एकाध बच्चा हो, तो मन बेहद ख़ुश रहता है, अन्यान्य चिन्ता फ़िक्र इस क़दर आस-पास से नहीं कसतीं।

यह हुमायूँ आख़िर है कौन, बूब? कैसा आदमी है वह? इस हुमायूँ पर मुझे इस क़दर गुस्सा आता है कि मन होता है, उसका ख़ून कर डालूँ। तुम, बस, एक बच्चा गोद ले लो। वह बच्चा बिल्कुल तुम्हारी तरह हो। उस बच्चे को नाम मैं दूँगी।

मूमू को एक बच्चा हो कर जाता रहा। पिछले कल ही

गुदगुदा-सा एक बच्चा रुई के ढेर में बड़े मोहक मुद्रा में, सोया हुआ था। लेकिन लोगों ने कहा कि वह मर गया। मैंने मूमू के बच्चे को भी ख़ूबसूरत नाम दिया था। कल काफ़ी रात गये तक मैं मूमू से बातें करती रही। मामा भी काफ़ी दुखी हैं, उतना-सा बच्चा कितनी माया बढ़ा गया।

मामा ने ही कहा, 'नूपुर, आज की रात तू मूमू के पास रह।'

रात को मूमू ने कहा, 'उसने बच्चे का नाम मयूर रखा था।'

उसे जानकारी भी नहीं है कि मयूर नामक एक प्राणी, कुल बत्तीस घण्टे के लिए, इस दुनिया में आया था। उसे भला क्या दुख? दुख तो मूमू को हुआ है। मूमू ही नौ महीने उसे अपनी कोख में ले कर घूमती-फिरती रही। उसका पति, बहन की यह तकलीफ़, कितना-सा जानता है। प्रसव के सारे दर्द, अकेली मूमू ने ही झेला है। मयूर के बारे में, सारे एहसास उसी के हैं। पति ख़ामख़्वाह सब कुछ में अपनी भागीदारी चाहता है, आख़िर क्यों? मुझे समझ में नहीं आता।

अच्छा, साबिर आजकल कैसा है? उस दिन एक दुकान में, दन्तस के साथ बनानी की भेंट हुई थी। साबिर अकेला ही था। दन्तस को देखते ही, उसके क़रीब जा कर, बनानी से बात की।

बातों-ही-बातों में बनानी ने मुझसे कहा, 'जमुना की वज़ह से ही साबिर की ज़िन्दगी बर्बाद हो गयी।'

हाँ, साबिर ठहरा पैसेवाला आदमी। पैसा हो, तो इन्सान शायद सबसे ज़्यादा सम्मानित प्राणी हो सकता है। सभी उसका बेहद भरोसा भी करते हैं। मैं भी ज़िन्दगी में अटूट दौलत कमाऊँगी, तुम देख लेना, बूबू! मेरे पास दौलत हुई, तो मेरा कितना सम्मान होगा, कितनी प्रसिद्धि होगी। तब मस्तान भेज कर साबिर जैसे दो-एक बदमाशों को, पीट-पीट कर लाश भी बनाया जा सकता है। क्यों, मैं ठीक कह रही हूँ न?

मैं तुम्हारी भाषा, तुम्हारे ख़त लिखने के लहज़े की नक़ल करती हूँ। तुम भी यह ख़ूब समझती होंगी। हालाँकि मैंने साहित्य में लिखाई-पढ़ाई नहीं की। हम लोगों की अकादमिक लिखाई-पढ़ाई, हमें ऊँचाई तक तो पहुँचा देती है, मगर परिशीलित नहीं करती।

पता है, बूबू, मैं चुपके-चुपके तुमसे ईर्ष्या करती हूँ। हाँ, मैं तुमसे ईर्ष्या करती हूँ। ईर्ष्या करती हूँ।

नूपुर

नूपुर,

कल रात हुमायूँ ने कहा, 'तुम्हें देख कर ऐसा लगता है, जैसे मेरे साथ ही तुमने पहली बार गृहस्थी बसाई है। लेकिन ऐसा है नहीं, मैं तुम्हारे जीवन में दूसरे नम्बर पर हूँ।' दूसरे नम्बर पर हुमायूँ इस क़दर ज़ोर देता है कि लगता है, 'दूसरे नम्बर' का मामला उसे अब, भला नहीं लग रहा है। अगर पहले नम्बर पर होता, तो शायद ज़्यादा जमता। ये मर्द सैकड़ों देह भोग करते हैं, लेकिन चाहते हैं कि घर की बहुरिया पहली ही हो। ऐसा क्यों चाहते हैं, नूपुर, पता है? उन लोगों को बीवी के कुंवारेपन का इतना मोह क्यों है? पहले मैं देह की पवित्रता के बारे में काफ़ी सोचा करती थी, लेकिन अब, यह सब अति तुच्छ लगता है, हुमायूँ भी जब मेरे साथ घनिष्ठ हुआ, मैंने उसकी देह में दूसरी औरतों की गन्ध महसूस की थी। यह बिल्कुल सम्भव भी है, मैं उसे क्यों रोकूँ? मेरा शरीर कोई पिंजरा तो है नहीं, जो उसे उस पिंजरे में क़ैद कर रखूँ। ठीक उसी तरह, मैं भी आख़िर क्यों क़ैद रहूँ?

वैसे, मैं हुमायूँ को थोड़ा-बहुत प्यार भी करती हूँ, री! एक और बात भी है, संग-संग रहने-सहने को ही प्यार कहते हैं या नहीं, यह भी मैं नहीं समझ पाती। मेरी देह में साबिर की जो मामूली-सी गन्ध बसी है, हुमायूँ उसे बर्दाश्त नहीं कर पाता। उसे घर में कोई

कोरी-नकोर बीवी नहीं मिली, यह दुख उसे हर रात, नशे में डूब जाने को लाचार कर देता है। हालाँकि हुमायूँ ख़ुद एकनिष्ठ पति नहीं है।

अंग्रेज़ी में एक शब्द बेहद लोकप्रिय है—चेस्टिटी, बांग्ला में उसका अर्थ है—सतीत्व! हुमायूँ के संदर्भ में इस सतीत्व को मैं कौन-सा नाम दूँ, बता तो सही? न्ना, शब्दकोश में मर्द के लिए आपत्तिजनक कोई भी नाम नहीं है। पुरुष को सतीत्व की सनद की कोइ ज़रूरत नहीं पड़ती। ऐसे शब्दों की ज़रूरत औरतों को पड़ती है। हुमायूँ मेरा कुँवारापन भोग नहीं कर सका, इस बात पर उसके अफ़सोस का कोई अन्त नहीं है। कभी-कभी ऐसा भी होता है कि वह लगातार पाँच-छह दिन मुझसे कोई बात नहीं करता। घर लौट कर, वह आधी रात को बोतल खोल कर बैठ गया। रात के अन्तिम प्रहर में वह बेहोश सो गया। सुबह जब मैं दफ़्तर चली गयी, उस वक़्त भी वह सो रहा था।

काफ़ी दिनों तक ख़ामोश रहने के बाद, कभी-कभी आधी रात को हुमायूँ अचानक मेरी देह से, पागलों की तरह खेलने लगता है।

उसी तरह कल रात भी अस्थिर-बेचैन मुद्रा में उसने खुल्लमखुल्ला कहा, 'मैं तुम्हारे जीवन में दूसरे नम्बर पर हूँ!'

जवाब में मैंने हुमायूँ से दरयाफ़्त किया, 'और मैं तुम्हारे जीवन में किस नम्बर पर हूँ?'

हालाँकि देखो, यही शख़्स परिचय के तीन-चार महीने में, वह मुझसे ब्याह करने को बेतरह आकुल-व्याकुल हो उठा था। मैंने उसे साबिर के बारे में सारी बातें बतायी थीं। सा-री बातें! हुमायूँ मेरे दफ़्तर का ही सहकर्मी था। अब्बू जब मेरे घर में बैठ कर तरह-तरह के हादसों की कल्पना किया करते थे, मैं न चाहते हुए भी हुमायूँ के चेम्बर में बैठी रहती थी या हुमायूँ को अपने चेम्बर में बिठाये रखती

थी। वैसे हुमायूँ मुझे ख़ास पसन्द था, ऐसी कोई बात नहीं थी। हुमायूँ बातें बहुत अच्छी करता था। मैं उसकी बातें सुनते हुए, वक़्त गुज़ारा करती थी। बातों-ही-बातों में साबिर का भी जिक्र छिड़ जाता था। अर्सा पहले ही, साबिर से उसकी मुलाक़ात हो चुकी थी! एक ही ट्रेन में वे दोनों राजशाही जा रहे थे। चूँकि साबिर हम दोनों का ही परिचित था; हुमायूँ से ज़रा कम और मुझसे कुछ ज़्यादा, इसलिए उसके बारे में बातचीत करते हुए, अच्छा-ख़ासा वक़्त गुज़र जाता था। यह अलग बात है कि आज भी मैं उसे वक़्त गुज़ारना नहीं कहती, बल्कि वक़्त की बर्बादी मानती हूँ। दरअसल उन दिनों मैं अन्दर-बाहर बेहद अकेली हो आयी थी। मेरे अब्बू साबिर के बारे में सब कुछ जानते-समझते हुए भी मुझे ही क़सूरवार मान रहे थे; मुझे पता है कि इस बात को ले कर वे काफ़ी तकलीफ़ भी पा रहे हैं। लेकिन अगर वे मुझे इतना ही प्यार करते हैं, तो क्या अपना प्यार ज़ाहिर करने के लिए, मारे फ़िक्र के भौंहें सिकोड़े रहना, क्या ज़रूरी है? वे और किसी ढंग से अपना प्यार ज़ाहिर नहीं कर सकते? वे मुझे अपने सीने से लगा कर बातचीत नहीं कर सकते? पुराने दिनों की बातें? नये दिनों की बातें? सन सैंतालीस में देश के बँटवारे के बारे में, अब्बू, भाई को कितनी-कितनी दिलचस्प कहानियाँ सुनाया करते थे, लेकिन मुझे तो उस क़िस्म की कहानियाँ, उन्होंने कभी नहीं सुनायीं। या लड़कियों के लिए युद्ध की कहानियाँ, राजनीति के क़िस्से बिल्कुल अशोभन और वर्जित हैं? लड़कियों को घर-गृहस्थी, पति-सन्तान की कहानियाँ सुनानी चाहिए।

नूपुर तू उन दिनों तेरह वर्ष की थी। मुझे एक अलग कमरे में ले जा कर तूने कहा था कि तेरा बेहद मन करता है कि तू लड़का बन जाये। तूने पूछा था कि कितनी ही लड़कियाँ अचानक-अचानक लड़का बन जाती हैं, क्या तू भी लड़का नहीं बन सकती? मुझे मालूम है कि तू लड़का बनना क्यों चाहती थी। तूने, अपना और

भाई का मिलान करना सीख लिया था। तेरे मन में यह तुलना शुरू हो गयी थी कि माँ-अब्बू से लाड़-दुलार किसे ज़्यादा मिलता है; खाने बैठने पर, किसकी थाली में मछली का माथा परोसा जाता है; किसे कपड़े-लत्ते, हाथ-ख़र्च ज़्यादा दिये जाते हैं! घर में किसे इतना हक़ दिया गया है कि वह जब चाहे, घर से निकल पड़े, किसको यह हक़ नहीं है। ऊपर से तेरी देह में नये-नये उपद्रव भी उभरने लगे थे। तू गुपचुप ढंग से अपने को लड़का बना देने के लिए, अपने ईश्वर से प्रार्थना किया करती थी। लेकिन ईश्वर कहीं नहीं है, नूपुर, मेरा यक़ीन कर, कम-से-कम आज तो यक़ीन कर कि ईश्वर कहीं नहीं है, इसीलिए तेरी प्रार्थना हमारे ब्राह्मपल्ली के मकान की छत तक ही पहुँच कर थम जाती थी, छत फोड़ कर आसमान को स्पर्श नहीं कर पाती थी।

लेकिन मैंने कभी लड़का बनने की चाह नहीं की। जब थोड़ी-थोड़ी करके, मेरी उम्र बढ़ने लगी, मेरी देह, मेरी ही नज़र में धीरे-धीरे करके नितान्त अपरिचित होती गयी। अचानक एक शाम, अपनी सलवार में ख़ून के दाग़ देख कर, मैं अम्मी से लिपट कर ज़ार-ज़ार रो पड़ी। मेरी रुलाई में भय और विस्मय मिला हुआ था। इसके बावजूद मुझे यह ख़याल नहीं आया कि लड़की हो कर, मैंने कोई भूल की है। मेरी देह गदराते हुए देख कर, माँ ने तरह-तरह से और-और कपड़ों से मेरा तन ढँकना शुरू कर दिया। हाँ, नूपुर, अपनी देह या देह के आकार-प्रकृति को ले कर, मुझे कभी अफ़सोस नहीं हुआ। मेरी और मर्दों की देह में फ़र्क़ होगा-ही-होगा। लेकिन, इस फ़र्क़ की वजह से मेरी सीमा क्यों नापी जाये? मेरी आज़ादी में रूकावट क्यों डाली जाये?

पता है, नूपुर, मेरा मन होता है, मैं जो पूर्णांग भरपूर इन्सान हूँ, मैं अपनी मर्ज़ी-मुताबिक, अपने पँख पसार कर जीऊँ, जीती रहूँ। मेरा मन होता है, मुझ पर लादे हुए, ढेरों बेवजह आधिपत्य, ढेरों

पाबन्दी मिटा दूँ। मैं चाहती हूँ, बड़ी शिद्दत से चाहती हूँ कि मैं अकेली-अकेली जीऊँ! इब्सन का वह जुमला तूने पढ़ा है न–The strongest man in the World is the man, who stands most alone? अपनी ज़िन्दगी जीने के लिए किसी और का भी होना, मुझे ज़रूरी नहीं लगता। इधर काफ़ी अर्से से, मेरे अन्दर यह एहसास पक्का होता जा रहा है कि हुमायूँ की मुझे अपनी ज़िन्दगी में ख़ास ज़रूरत नहीं है। नौकरी करते हुए, महीने के अन्त में मुझे जो तनख़्वाह मिलती है, वह मुझे अकेली के गुज़ारे के लिए काफ़ी है। चंद जान-पहचान के लोग हों, कोई एक सहृदय हो, तो बातचीत करते हुए वक़्त गुज़र जायेगा। इससे बाहर, थोड़ी-सी निर्जनता भी तो ज़रूरी है। ज़िन्दगी कोई हाट तो है नहीं, जहाँ हर वक़्त भीड़भाड़ लगे रहना ज़रूरी हो। या फिर मैं कोई ऊँट तो हूँ नहीं, जिसके साथ किसी स्थायी महावत का होना ज़रूरी हो।

विवाह से पहले हुमायूँ से मेरी मामूली-सी ही दोस्ती थी। यह रिश्ता, विवाह तक कैसे पहुँच गया, इसमें थोड़ी-बहुत हुमायूँ की मर्ज़ी थी और बाक़ी ज़िन्दगी के प्रति मेरा भयंकर गुस्सा शामिल था। वैसे गुस्सा भी आख़िर कितने दिनों तक टिकता? अब, अब्बू भी मुझे परेशान करने नहीं आते, मैं भी पहले जितना अभिमान का रोग नहीं झेलती। अब लगता है कि किसी एक प्राणी की इच्छा-अनिच्छा मुताबिक, यह जो मेरा हाथ-पैर, मेरा अंग-अंग बेड़ियों में जकड़ गया है, आख़िर क्यों? इसमें मेरा क्या फ़ायदा?

तूने कोई बच्चा गोद लेने की बात लिखी है। मैं नौ महीने की तकलीफ़ झेल कर, बच्चा प्राप्त करूँगी; प्रसव की समूची पीड़ा, मैं अकेली ही बर्दाश्त करूँगी। लेकिन उस बच्चे का नाम अगर मैं सुबह रखूँ, तो हुमायूँ और अड़ोसी-पड़ोसी, स्वजन-आत्मीय, सभी यही कहेंगे–बच्चे का नाम होगा, सुबह रहमान, क्योंकि हुमायूँ का पूरा नाम शफ़ीक़ुर रहमान जो है! मेरा नाम है–जमुना चौधरी! मेरी

पदवी क्या सन्तान-धारण की योग्यता रखती है?

नहीं री, नूपुर, इस मुल्क में कोई भी सन्तान, माँ के नाम से परिचित नहीं होती। बच्चा तो अपने पिता के नाम से जाना जाता है। स्कूल में दाख़िला लेने से ले कर नौकरी-चाकरी करने, यहाँ तक कि रिटायर होने तक भी पिता के नाम की ज़रूरत पड़ती है। माँ के नाम को कोई नहीं पूछता। नहीं, हुमायूँ के प्रति किसी गुस्से की वजह से, मैं यह नहीं कह रही हूँ, इसलिए कह रही हूँ, क्योंकि यह व्यवस्था, बेहद अन्यायपूर्ण व्यवस्था है। अब, मान ले कि इस अन्याय के प्रतिवाद में ही मैं कभी, कोई बच्चा गोद नहीं लूँगी। क्यों, बेहद अचरज हो रहा है न? तुम सबको चमत्कृत कर देने के लिए, मैं अभी से अपने को ज़रा-ज़रा करके, इन्सान बना रही हूँ। काफ़ी अर्से तक तो साँप की तरह रेंगते हुए जीती रही, ऐसा रीढ़हीन जीवन आख़िर कितने दिनों सुहाता है?

तू सकुशल रहना!

जमुना

बूबू,

दन्तस कल हमारे घर आया था। कहने लगा, लोग-बाग धिक्कार दे-दे कर कह रहे हैं कि जमुना बदचलन है। मैंने पूछा, 'क्यों? उसने दो-दो शादियाँ कीं, क्या इसीलिए वह बदचलन हो गयी?' दन्तस हँस पड़ा। उसने कोई जवाब नहीं दिया।

'चरित्र' कहते किसे हैं, तू बता सकती है। बूबू? तुम तो अपने काम-काज, अपनी घर-गृहस्थी में मगन रहती हो। तुम्हें लोगों के ताने-व्यंग्य नहीं सुनने पड़ते, सुनना हम लोगों को पड़ता है। ख़ैर, अब इन सब लांछन-तानों की मैं भी परवाह नहीं करती। दन्तस कल ही, एक तारीख़ माँग रहा था। वह अब्बू से यह अनुरोध करना चाहता है, कि कम-से-कम हमारी सगाई तो कर दें। मैंने उसे मना

कर दिया है। हाँ, मैंने सीधे-सीधे 'ना' कह दिया है। मेरा उससे कोई झगड़ा नहीं हुआ, कुछ भी नहीं हुआ! वैसे वह लड़का शरीफ़ है। कॉलेज में अभी-अभी लेक्चरर हुआ है—ऐसे लड़के को भी मैंने इनकार कर दिया है, बूबू! मैंने उससे कोई अन्य लड़की देख लेने को कहा है!

उसने ऐसी-ऐसी बातें सुनायीं, मानो लड़कियाँ बाज़ार में आसानी से मिलने वाली खीरा-पपीता हैं। एक दुकान में न मिलीं, तो दूसरी दुकान में मिल जायेंगी। इस 'चरित्र' नामक चीज़ के प्रति मेरे मन में काफ़ी लोभ, बेतरह ईर्ष्या है, बूबू! क्या-क्या हो, तो चरित्र क़ायम रहता है, वर्ना नहीं—यह मुझे पता करना ही होगा। दन्तस ने ख़ुद तुम्हें चरित्रहीन नहीं कहा। उसने सिर्फ़ लोगों की कही हुई बातें ही सुनायीं, लेकिन सुनायीं तो सही! इसका मतलब यह हुआ कि उसके भी मन में इस बात को छेड़ने-खँगालने का चाव जाग उठा है, इसीलिए उसने यह ख़बर, मेरे कानों तक पहुँचा दी। हालाँकि उसने ऐसी बात उड़ाने वाले लोगों को भला नहीं कहा, लेकिन मुझे यह बात सुनाने का तो यही मतलब है न, कि मैं थोड़ा-बहुत ही सही, अन्दर-ही-अन्दर टूट-फूट जाऊँ। अगर मैं टूट जाऊँ, तो मुझे सँभालने में भी उसे ख़ास मज़ा जायेगा। किसी कमज़ोर की अगर रक्षा की जाये, तो इसी क़िस्म का मज़ा आता है। मेरा दर्प-दम्भ अगर ज़रा-सा भी टूट जाये, तो उसे मुझ पर धौंस जमाने में सुविधा ही होगी। आज जो वह, लोक-मुख में गूँजती तुम्हारी चरित्रहीनता की ख़बर मेरे कानों में डाल गया, इसमें निहित आसान अर्थ, मेरी समझ से बाहर है। अगर वह पलट कर ऐसी अफ़वाहें फैलाने वाले लोगों को ही, दो बातें सुना आता और मुझसे इन सब घटनाओं की चर्चा भी नहीं करता, तभी मैं उसकी इन्सानियत की तारीफ़ करती।

हाँ, मुझे कहीं, कोई फ़र्क़ नहीं लगता। दन्तस नामक मर्द, मुझे

साबिर से कहीं अलग नहीं लगा। पता है, बूबू, मैं जिस किसी लड़के की तरफ़ देखती हूँ, उसके चेहरे में, मुझे साबिर का चेहरा नज़र आता है। अब, मुझे किसी मर्द पर भरोसा नहीं होता। दन्तस नामक जिस लड़के के साथ, मैं सपने में खोयी हुई थी, उस पर भी मेरा विश्वास नहीं टिकता।

तुम कैसी हो, बूबू? हर दिन किस हाल में रहती हो? सुनो, मैं दिनों-दिन बिल्कुल बदलती जा रही हूँ। मैं क्या थोड़ा-बहुत तुम जैसी हुई जा रही हूँ, बूबू?

नूपुर

नूपुर,

समूचे फ़्लैट में हम दो प्राणी हैं! कुसुम अपने पिता के घर गयी है। दफ़्तर से लौट कर, मैं ही दोनों के लिए राँधती-पकाती हूँ। शाम को चाय! चाय के साथ किसी दिन नूडल्स, किसी दिन मांस का कवाब, कभी चिउड़े की तहरी! दोनों प्राणियों के लिए रात का खाना! इसी तरह ढेरों दिन गुज़रते जा रहे हैं।

आज सुबह भी मुझे हुमायूँ को बेड-टी देना था, लेकिन मेरा मन ही नहीं हुआ। रसोईघर में जा कर पानी उबालने, चाय की पत्ती डालने और चीनी मिलाने का बिल्कुल मन नहीं हुआ! आज हम दोनों की छुट्टी थी। नींद से जागते ही, हुमायूँ ने चाय माँगी!

मैं बिस्तर पर लेटी-लेटी कोई पत्रिका पढ़ रही थी। उसकी ज़ुबान पर चाय की तलब सुन कर भी, मैं बिस्तर छोड़ कर नहीं उठी। यह देख कर, हुमायूँ ज़रा चौंक गया।

उसने दुबारा आवाज़ दी—'चा-य!'

'हूँ ऽ—' मैंने संक्षिप्त-सा जवाब दिया यानी मैं सुन रही हूँ, कहे जाओ।

तकिये से सिर उठाते हुए, उसके माथे पर ख़ीज की सलवटें

उभर आयीं, 'क्या बात है, चाय माँग रहा हूँ, तुम्हें सुनाई नहीं दिया?'

'सुन लिया!'

'तो, चाय कहाँ है?'

'मेरा उठने का मन नहीं है–' मैंने पत्रिका में नज़रें गड़ाए-गड़ाए ही जवाब दिया।

हुमायूँ ने अवाक् निगाहों से मुझे देखा। घर में दो-तीन पुराने साप्ताहिक अख़बार पड़े हुए थे। मैं वे सारे अख़बार पढ़ने में जुटी हुई थी।

कुछेक पल बाद हुमायूँ बिस्तर से उठ कर बाथरूम में जा घुसा। नहा-धो कर वह बाहर निकला। उसने कपड़े पहने।

'नाश्ता लाओ–'

पता नहीं, मेरे अन्दर, कैसी तो हलचल मची थी। इतना दुस्साहस मैंने पहले कभी नहीं दिखाया था।

'मुझसे नहीं होगा–' मैंने कहा।

हुमायूँ मेरे क़रीब आ कर बैठ गया।

'क्या हुआ है तुम्हें?' उसने पूछा।

'कुछ भी नहीं–' मैं हँस पड़ी।

'फिर?'

'मेरा कुछ करने का मन नहीं हो रहा है। सुबह चाय-नाश्ता, दोपहर-रात खाना बनाना–मेरा कुछ भी करने का मन नहीं हो रहा है।'

'क्यों?'

'कोई वज़ह नहीं है! बस, यूँ ही...'

'नहीं, कुछ-न-कुछ तो हुआ है! तबीयत ठीक नहीं है?'

'ना, तबीयत बिल्कुल ठीक है।'

'घर से कोई बुरी ख़बर आयी है?'

'न्ना!'

'दफ़्तर से?'

'ना!'

'तब, तुम खाना क्यों नहीं पकाओगी?'

'आज तुम खाना पका लो, हुमायूँ!'

'मैं?' हुमायूँ ने ज़ोर का ठहाका लगाया।

मैंने देखा, हँसते-हँसते ही उसके जबड़े कस गये। मारे अपमान के, हुमायूँ का चेहरा एकदम से नीला हो आया, मानो खाना पकाना, निहायत अपमानजनक काम हो और यह केवल औरतों को ही शोभा देता हो। लड़कों को यह शोभा नहीं देता।

आज सुबह-सवेरे ही मैंने ऐलान कर दिया कि आज मुझसे कुछ भी नहीं होगा।

'सुनो, ज़िन्दगी में तुमने ढेरों करतूत किये हैं, अब तो ज़रा भली बनो। मेरे घर में तुम अपनी मन-मर्ज़ी नहीं चला सकतीं।'

उसका यह जुमला सुन कर, मैंने तकिया उठा कर अपनी पीठ के पीछे रख लिया और आराम से टिक कर बैठते हुए कहा, 'भली बनो, मतलब? पहले मैं क्या बुरी थी?'

'हुमायूँ ने टाई की नॉट बाँधते हुए जवाब दिया, 'भली होतीं, तो साबिर के साथ ही टिकी रहतीं।'

पता है, नूपुर, साबिर के किसी भी प्रसंग में यह हुमायूँ ही सबसे ज़्यादा हमदर्दी दिखाता था। कहता था–'तुम जैसी औरत को, जो आदमी इस क़दर धोखा दे सकता है, अगर कहीं वह मेरे हाथ पड़ जाये, तो मैं उसे दिखा देता।'

इसी हुमायूँ ने मेरी आँखों के आँसू पोंछते हुए कहा था, 'एक बार...सिर्फ़ एक बार मुझ पर विश्वास करो, जमुना, अपने को पूरी तरह सौंप दो मुझे। तुम अपनी सारी निःसंगता मुझे दे डालो! बेख़ौफ़ दे डालो।'

मेरी आँखें एकटक हुमायूँ पर गड़ी रहीं। वह टाई बाँध कर

अपने बदन पर यूडीकोलोन स्प्रे कर रहा था।

'असल में तुम ऐसी लड़की ही नहीं हो, जो घर-गृहस्थी में रहे।'

समझीं, नूपुर, मेरे साथ और कुछ भी किया जा सकता है, घर नहीं बसाया जा सकता। घर बसाने के लिए, पहले एक कुँवारी लड़की चाहिए, जो अपना सतीत्व टिकाये रखे! पति के आदेश-निर्देश सहर्ष मान कर चले, ऐसी लड़की की ज़रूरत पड़ती है। मैं? पहली बात, मैं कुँवारी नहीं हूँ; दूसरी बात, सतीत्व की प्रचलित धारणा में, मेरा लेशमात्र भी विश्वास नहीं है, क्योंकि वह बेहद अशालीन तरीक़े से औरतों पर आरोपित एक संस्कार मात्र है। हुमायूँ के अलावा अन्य किसी मर्द से मेरा शारीरिक सम्बन्ध नहीं है, लेकिन अगर किसी और मर्द से मेरा शारीरिक सम्बन्ध हो जाये, तो क्या मैं अपने को 'असती' कहूँगी? बेशक, नहीं, क्योंकि मैं शत-प्रतिशत सच्ची और ईमानदार रहते हुए किसी और मर्द से अगर शारीरिक सम्बन्ध स्थापित करूँ, तो इससे किसी का नुकसान नहीं होता। न मेरा, न हुमायूँ का। इसके अलावा, हुमायूँ ऐसा कोई मेधावी लड़का नहीं है कि उसका आदेश-निर्देश मान कर चलना होगा। अगर मैंने अपने विवेक-बुद्धि के मुताबिक़ चलना सीखा है, वही मेरी नज़र में सर्वाधिक मंगलकारी है, बाकी बचा, राँधने-पकाने, घर-द्वार की साफ़-सफ़ाई वग़ैरह का काम-काज, जो सिर्फ़ औरतों के लिए अलग कर दिया गया है, मेरी राय में अगर दो प्राणियों की गृहस्थी है, तो ये तमाम काम दोनों को ही करने चाहिए। चूँकि नौकरानी अपने घर गयी थी, इसलिए उपलब्धि की एक नयी-निराली दुनिया मेरी पकड़ में आयी। घर की बीवियाँ एक तरह से घर की दासियाँ होती हैं, हाँ, साफ-सुथरी, शरीफ़ दासी, जिससे खाना भी तैयार कराया जा सकता है, घर-द्वार की साफ़-सफ़ाई भी करायी जा सकती है, जिसके साथ बिस्तर पर सोया भी जा सकता है, बाहरी लोगों के

सामने अपने मान-सम्मान की भी रक्षा की जा सकती है। मैं दिन भर खाना पकाने में नहीं लगी रहूँगी, इसलिए हुमायूँ ने यह सोच ही लिया कि मैं घर-द्वार बसाने वाली लड़की नहीं हूँ, क्योंकि घरेलू लक्ष्मी बहुएँ, रसोई न करने का ऐलान करके, यूँ निरुद्विग्न लेटी नहीं रहतीं, लेकिन मैं दिन भर लेटी रही। दोपहर को हुमायूँ वापस लौट गया। उसने आ कर देखा, मैं उस वक़्त भी लेटी हुई हूँ और पढ़ रही हूँ। मुझे बिल्कुल भी भूख नहीं थी, बल्कि काफ़ी अच्छा लग रहा था। वैसे मैं हुमायूँ से ज़िद ठाने बैठी थी या मैंने उसे चुनौती दी थी, इसलिए भला लग रहा हो, ऐसा नहीं था। मेरे भला लगने का कारण बिल्कुल अलग था। मुझे बस, यही लग रहा था कि प्रचलित धारणाएँ, अगर चाहें, तो तोड़ी जा सकती हैं। मैं अगर चाहूँ, तो समाज के विविध कुसंस्कार, झूठ और अशुभ के खिलाफ़, अडिग खड़ी रह सकती हूँ।

कपड़े बदल कर हुमायूँ ने खाना माँगा, 'खाना लगा दो–'

'खाना तो मैंने पकाया ही नहीं–' मैंने जवाब दिया।

'पकाया नहीं, मतलब?'

'नहीं पकाया, मतलब नहीं पकाया–'

'क्यों?'

'मन नहीं किया।'

'अच्छा, तो तुम्हारा जो मन करेगा, वही करोगी?'

'इसमें परेशानी क्या है?'

हुमायूँ को आज दफ़्तर में कोई काम नहीं था। वह अपने किसी दोस्त के यहाँ ताश खेलने गया था। लौट कर, वह खाने की मेज़ पर बैठना चाहता था। वह चाहता था कि मैं टेबल पर उसके लिए गर्म-गर्म भात, मछली का कोफ़्ता, मांस का दोप्याज़ा वग़ैरह तरह-तरह के लज़ीज़ पकवान सजा दूँ और वह खाते-खाते मेरे पकाये हुए व्यंजनों की तारीफ़ करे और मन-ही-मन वह अपनी

बहुरिया को लायक़-कामकाजी औरत मान कर तृप्त हो जाए।

हुमायूँ गुस्से से आग हुआ जा रहा था, लेकिन हैरत है, नूपुर, मुझे बेहद भला-भला लग रहा था।

मैंने हँस कर कहा, 'तुम इतना नाराज़ क्यों हो रहे हो? इसलिए कि मैं तुम्हारे हाथ का पकाया खाना खाऊँ? तुम तो चल दिये। मेरे मन में क्या एक बार भी यह इच्छा नहीं जागनी चाहिए कि तुम खाना पकाओ? टेबिल सजा कर मुझे खिलाओ? मैं सिर्फ़ बैठी-बैठी खाऊँ?'

'फ़ालतू का मज़ाक मत करो, जमुना!' हुमायूँ फूत्कार उठा।

शाम को मैं बाहर निकल आयी थी, नूपुर! रिक्शे में समूचे शहर की सैर करती रही। सारा कुछ बेहद भला-भला और हल्का लग रहा था, मानो लम्बे अर्से से मैं लोहे के सन्दूक में बन्द थी, आज ही छुटकारा मिला हो। शाम ढले, फ़्लेश पॉट्स में जा कर ख़ाना खाया। उस वक़्त काफ़ी भूख भी लग आयी थी। घर लौट कर देखा, हुमायूँ दारू चढ़ा रहा था। उसने मुझसे कोई बात नहीं की, मैंने भी नहीं की।

तू ठीकठाक रहना, नूपुर! ज़िन्दगी में काफ़ी कम समय है। अगर हो सके, तो यह समय, अपनी मन-मुताबिक जीना। हम सब तो औरों के मन-मुताबिक जीते रहते हैं। हमारी क्या अपनी कोई पसन्द-वसन्द नहीं होनी चाहिए?

प्यार लेना,

जमुना

बूबू,

पिछले दिनों माँ पूछ रही थी—जमुना कैसी है? चिट्ठी-पत्री लिखती है? मैंने जवाब दिया, 'उसकी अब चिन्ता-फ़िक्र क्यों करते हो तुम लोग? ब्याह कर दिया, अब कैसी फ़िक्र? ज़रूर ठीक-ठाक

ही होगी। ब्याह न करती, तो बुरी होती।'

माँ ने जैसे राहत की साँस ली। उनके सिर पर 'पति' नामक एक अभिभाविक मौजूद है, इसलिए वे इतने चैन से हैं। वह पति भले चोर हो, बदमाश हो, अन्धा हो या लँगड़ा-लूला हो। उन्होंने मुझसे भी कहा—'अब तुझे भी पार लगा दूँ, तो मान-सम्मान की रक्षा हो।'

मैंने ज़ोर का ठहाका लगा कर कहा, 'यह जो इतनी लिखाई-पढ़ाई कर रही हूँ; परीक्षा क़रीब है, पास कर गयी तो सर्वोच्च डिग्रीधारी बन जाऊँगी, उम्मीद है कि कोई अच्छी-सी नौकरी भी मिल जायेगी। इससे क्या मान-सम्मान की रक्षा नहीं होगी?'

माँ ने कोई जवाब नहीं दिया। मेरी बेअदबी उन्हें शायद पसन्द नहीं आयी। लगता है, उस दिन दन्तस को देख कर ही, माँ को अपने मान-सम्मान का ख़याल हो आया। मुझे जाने कैसी तो वितृष्णा होती है, बूबू! अपने चारों तरफ़ जो कुछ हो रहा है, वह सब देख-देख कर, अब मेरा जीने को मन नहीं करता। ख़ैर, ख़त लिखना!

नूपुर

नूपुर,

हुमायूँ से विवाह करने के बाद, दफ़्तर के सभी लोगों को, हमारे एम डी ने दावत दी थी। साभार में उनकी एक बहुत बड़ी बाग़ान कोठी है, दावत वहीं दी गयी थी। सारा खाना ढाका से मँगाया गया था। काफ़ी चहल-पहल थी। मैं भी उसमें मगन थी। लेकिन, बेहद गर्मी थी। मैं बर्फ़ में दबा कर रखी गयी कोकाकोला, एक के बाद एक, लगातार पीये जा रही थी। ख़ासी अड्डेबाज़ी हो रही थी। अड्डे के दौरान ही अचानक मैंने ग़ौर किया, बहुतेरे मेहमान मुझे 'मामी' कह कर सम्बोधित कर रहे थे। जो लड़का

मुझसे उम्र में छोटा था और मुझे 'जमुना दी' कह कर बुलाता था, कुछ लड़के मुझे 'आपा' बुलाते थे, सीनियर लोग 'मैडम' कहते थे—सभी वहाँ मुझे मज़े से 'भाभी' कह रहे थे। इसके अलावा, कुछेक नये अधिकारियों ने मेरा सेक्शन ज्वाइन किया था। उन लोगों की हुमायूँ से कोई पहचान भी नहीं थी, उसे उन लोगों ने कभी देखा भी नहीं था, वे लोग भी मुझे 'भाभी' कह कर सम्बोधित कर रहे थे।

यह सम्बोधन सुन कर मैं ताज्जुब में पड़ गयी।

मैंने नये अफ़सरों से पूछा भी, 'आप लोग अपने भाई को पहचानते तो हैं न?'

'नहीं, वे लोग भाई को नहीं पहचानते थे।'

'जमुना'दी', 'आपा' या 'मैडम'—विवाह के बाद, ये सारे सम्बोधन जाने कहाँ तो गुम हो गये, मेरी समझ में नहीं आता। विवाह ने मेरा नाम-धाम, आमूल बदल दिया था। लेकिन हुमायूँ का तो कहीं, कुछ नहीं बदला था। उसके नाम के साथ, 'भाई' या हुमायूँ साहब, बिल्कुल पहले की तरह ही जुड़ा हुआ है। अभी, उस दिन हमारे एम डी, किसी सज्जन को अपना दफ़्तर दिखा रहे थे।

उन्होंने मेरा परिचय कुछ यूँ कराया, 'ये हमारे प्रशासनिक अधिकारी की बीवी हैं! हमारे साइंस सेक्शन में हैं।'

मानो मेरे नाम और पदवी के बजाय, कहीं ज़्यादा ज़रूरी है, यह परिचय देना कि मैं किसकी बीवी हूँ।

मेरे विवाह से पहले, वे किसी से मेरा परिचय कराते वक़्त यही कहते थे, 'ये हमारे साइंस सेक्शन की सीनियर अफ़सर हैं।'

नहीं, मैं विवाह को दोष नहीं देती, दोष असल में इन्सान का है। इन्सान, औरत को मर्दों के अस्तित्व में विलय करके देखता है। औरत को अलग से, उसके अलग व्यक्तित्व में खड़े होने देने में, उन्हें सख़्त एतराज़ है।

तुझमें भी थोड़ा-बहुत ईश्वर-दोष था। पता नहीं, अब भी वह मिटा या नहीं। सुन, अगर ख़ूब गहराई से अपने को और प्रकृति को देखा कर, वह दोष कट जायेगा।

'जीने का मन नहीं होता—' यह बात फिर कभी ज़ुबान पर मत लाना। जीवन तो बेहद ख़ूबसूरत है। अब, मुझे ही देख, जाने कितने ही आँधी-तूफ़ान मुझे तोड़-फोड़ कर गुज़र जाते हैं, फिर भी मेरी बड़ी शिद्दत से जीने की चाह होती है।

हुमायूँ और मैं, बराबर-बराबर रुपये कमाते हैं। गृहस्थी में ज़्यादा ख़र्च मेरा होता है, हुमायूँ का काफ़ी कम। कम इसलिए कि उसका व्यक्तिगत ख़र्च बहुत ज़्यादा है! शराब, ताश, सिगरेट वग़ैरह पर उसका ख़र्च अधिक है। नहीं, तू परेशान न होना, नूपुर कि मैं ज़्यादा ख़र्च करती हूँ, इसलिए ज़्यादा सुविधा लेना चाहती हूँ। ऐसी बात नहीं है। हम दोनों ने कोर्ट में शादी की थी। हम दोनों के बीच, कोई शरीयती शर्त नहीं थी। हम दोनों में मामूली-सी दोस्ती थी। शादी की बात अचानक ही आ पड़ी और उस बातचीत में एक अलिखित शर्त ज़रूर थी कि पारम्परिक मियाँ-बीवी बनने के बजाय हम दोनों एक-दूसरे के गहरे दोस्त होंगे।

दरअसल, जो लोग इस समाज में अपने को प्रगतिशील होने का दावा करते हैं, उनमें से किसी को भी मैंने विशुद्ध और खरा नहीं देखा। वे लोग बेहद अस्पष्ट और अस्वच्छ होते हैं। मैंने तो एक दोस्त चाहा था, लेकिन सभी पति बनना चाहते हैं, सफल होना चाहते हैं। शादी के काग़ज़-पत्तर पर दस्तख़त हुए नहीं कि, ये मर्द लोग बीवी को अपनी ज़ायदाद मान लेते हैं। कोई भी औरत का अलग अस्तित्व स्वीकार नहीं करना चाहता। कोई दोस्त नहीं बनना चाहता।

हुमायूँ बाहर ही खाना खा रहा है। मैं भी! कुसुम आज अपने घर से वापस आ गयी है। उसने अपनी ज़िम्मेदारी फिर सँभाल ली

है। इस बीच, हुमायूँ के दो दोस्त भी आये थे। उन दोनों ने उसे आड़ में ले जा कर शायद यह समझाया कि मुझसे शादी करके उसने भयंकर भूल की है। उसकी बीवी इतनी बुरी है, यह बात पहले उसकी समझ में नहीं आयी थी। मैं खाना नहीं पकाती, इस बात को ले कर वह प्रायः हर रात ही मुझे सुनाता है कि मुझसे विवाह करके, उसने ज़िन्दगी में सबसे बड़ा गुनाह किया है। उसकी राय में साबिर भलामानस था, सिर्फ़ मेरी वज़ह से ही...। चूँकि मैं ऐसी औरत नहीं हूँ, जो गृहस्थी चला सके, इसीलिए वह बिचारा दुबारा शादी करने को लाचार हो गया। हुमायूँ ने ढेरों लड़कियाँ देखी हैं, लेकिन मुझ जैसी, मानसिक प्रॉब्लम वाली औरत, उसने नहीं देखी।

नूपुर, सभी औरतें खाना-वाना पकाती हैं और अपने पतियों की रसना तृप्त करती हैं। चूँकि मैंने खाना पकाने से इनकार कर दिया, इसलिए मुझमें कोई दिमाग़ी प्रॉब्लम है। बहरहाल, जितने दिन मैं रसोई में नहीं गयी, बाहर-बाहर खा-पी कर, मज़े से घर आ कर किताब या पत्रिका पढ़ती रहती थी, वीडियो पर कुछेक अच्छी फिल्में देखीं; कुछेक दिन नाटक देखने भी गयी, उतने दिनों हुमायूँ का असली चेहरा भी देखती रही, बिल्कुल भीतरी चेहरा! निजी स्वार्थ को चोट लगते ही, अपने ऐशो-आराम में ज़रा-सी कमी आते ही, ये मर्द जानवर की तरह अपने तीखे दाँत-नाख़ून चमकाते हुए हुँकार उठते हैं। मैं उनकी दहाड़ से अब ज़रा भी डरना नहीं चाहती।

नूपुर, मैं अगर, दुबारा, कुछ हिम्मत करना चाहूँ, तो तुम लोग मुझे रोकना मत।

जमुना

नूपुर,

अर्से से तेरा कोई ख़त नहीं मिला। इधर मेरे दफ़्तर में ख़ामख़्वाह ही झमेला उठ खड़ा हुआ है। मानिकगंज में हमारे एन जी ओ की एक शाखा मौजूद है। हमारे डायरेक्टर, दो वर्षों के लिए हुमायूँ को वहाँ भेजना चाहते हैं। अभी तक काग़ज़-पत्तर तैयार नहीं हुए हैं, हो जायेंगे।

ऐसे में डायरेक्टर साहब ने मुझे अपने कमरे में बुला कर पूछा, 'आप लोग जा कब रहे हैं?'

'लेकिन, जा तो रहा है, अकेले हुमायूँ?'

डायरेक्टर साहब ने फरमाया, 'हुमायूँ साहब जा रहे हैं, तो आपको तो साथ जाना ही चाहिए—'

'क्यों?' मैं अचकचा गयी, 'बात तो हुई है, सिर्फ़ हुमायूँ ही जायेंगे। मेरी जाने की कोई इच्छा नहीं है।'

मेरा लहज़ा बेहद स्पष्ट और शायद तीखा लगा।

डायरेक्टर साहब ने अपना चश्मा पोंछते-पोंछते कहा, 'भई, जहाँ हज़बएण्ड रहे, वाइफ़ को तो वहीं रहना चाहिए, वैसे भी, अगर आप साथ नहीं होंगी, तो उसे काफ़ी परेशानी भी होगी।'

मैंने निगाहें झुका कर कहा, 'सर, उसकी परेशानी दूर करना ही क्या मेरा एकमात्र काम है? मेरे पास अपने भी तो कुछ काम हैं। इसके अलावा यहाँ अपना पोस्ट ख़ाली करके अगर मैं चली गयी, तो और कौन है, जो इतनी बड़ी ज़िम्मेदारी सँभालेगा?

इससे भी बड़ी बात यह है कि वहाँ जाने की मेरी कोई इच्छा नहीं है।'

डायरेक्टर जनाब ने भौंहें सिकोड़ कर पूछा, 'आप दोनों में कोई कहा-सुनी तो नहीं हो गयी है?'

मैंने इनकार में सिर हिला दिया।

डायरेक्टर साहब ने फिर कहा, 'आपके जाने से यहाँ काफ़ी

असुविधा होगी, यह सच है। आपकी पोस्ट पर झटपट कोई दक्ष व्यक्ति नियुक्त करना भी सम्भव नहीं है। लेकिन, मैं हुमायूँ साहब को होने वाली परेशानी के बारे में सोच रहा हूँ। आख़िर वे आपके पति हैं।'

बहरहाल, मैंने डायरेक्टर को साफ़-साफ़ बता दिया है कि—मैं नहीं जाऊँगी। हुमायूँ अगर वहाँ नहीं गया, तो मानिगंज में करोड़ों-करोड़ों रुपये पानी में चले जायेंगे। नूपुर, हुमायूँ से अपनी किसी नाराज़गी की वज़ह से मैंने यह फ़ैसला नहीं लिया, मेरा विश्वास कर। जिन-जिन वजहों से पति से मन उचट जाता है, वैसी कोई वज़ह नहीं है। तू अगर शारीरिक-सम्बन्धों की बात करे, इस बारे में भी मुझे कोई शिकायत नहीं। शादी के फ़ौरन बाद हुमायूँ ने ढेरों साड़ी-गहनें ख़रीद दिये थे। झकमक साड़ियाँ, महँगी-महँगी! वैसे मैंने उन साड़ी-गहनों को हाथ भी नहीं लगाया।

मैंने हुमायूँ से कह दिया, 'अगर ज़रूरत पड़ी, तो मैं ख़ुद ख़रीद लूँगी।'

'नहीं, मुझे कोई शिकायत नहीं है। वह आम मर्दों जैसा ही है। इससे ज़्यादा कुछ नहीं।'

यह क्या अजीब बात नहीं है, नूपुर, कि सिर्फ़ पति को संग देने के लिए, मुझे अपनी नौकरी एक जगह से दूसरी जगह बदलनी होगी? मैं ऐसा क्यों चाहूँगी? हुमायूँ इस महीने के अन्त तक चला जायेगा। जाने से पहले वह अजीब-अजीब हरक़तें कर रहा है। घर में उसके कुछ सामान पड़े थे। टी. वी., रिकॉर्डर, फ्रिज वग़ैरह, वह एक-एक करके हटा रहा है। ये सब उसने अपनी बहन के यहाँ रख दिया है।

यह देख कर, मैंने दरयाफ़्त किया, 'यह सब कहाँ ले जा रहे हो?'

'यह सब जानने की तुम्हें ज़रूरत क्या है?'

रात को सोने जाने से पहले, उसने सवाल किया, 'किस इरादे से, तुम मेरे साथ क्यों नहीं जा रही हो, क्या मैं जान सकता हूँ?'

जवाब में, मैंने भी पलट कर सवाल किया, 'फ़र्ज़ करो, आज मेरी बदली भुंगामारी हो जाये, तो तुम जाओगे मेरे साथ?'

'अगर ऐसा कुछ हुआ, तो तुम्हारी बदली ख़ारिज कराना होगी।'

'और अगर ख़ारिज नहीं हुई?' अगले ही पल, मैंने खुद जवाब दे डाला, 'तो नौकरी छोड़ना पड़ेगी, यही न, हुमायूँ?'

हुमायूँ ने दाँत पीसते हुए, अपना ग़ुस्सा रोक लिया।

बीयर की कैन खोल कर, दो घूँट भरने के बाद, उसने दुबारा कहा, 'मानिकगंज तो भुंगामारी जैसी बक़वास जगह नहीं है—'

मैंने बेहद साफ़ लफ़्ज़ों में जवाब दिया, 'जगह की बात नहीं है, बात हो रही है, जाने के बारे में! तुम मेरे साथ हरगिज़ नहीं जाओगे। तुम सिर्फ़ इतना करोगे कि मुझे अपने पास बुला लोगे। अपनी ज़रूरत के तकाज़े पर, तुम भले कहीं भी जाओ, मुझे बेज़रूरत ही तुम्हारे साथ वहाँ जाना होगा।'

'मेरे पास जाने को तुम ग़ैर-ज़रूरी मानती हो?'

'हाँ, मानती हूँ।'

'मुझे भी तुम्हारी कोई ज़रूरत नहीं है—' मारे आक्रोश के हुमायूँ की साँसें तेज़ हो उठीं, आँखें सुर्ख-लाल।

उसने अगला वाक्य जोड़ा, 'अब, तुम्हारे जिस्म की ज़रूरत कौन मिटायेगा?'

मैं हँस पड़ी, 'वही एक ज़रूरत तो मेरी है। तुम इस बारे में परेशान न हो। अपनी इतनी सारी ज़रूरतें, मैं खुद पूरी कर लेती हूँ, यह ज़रूरत भी क्या पूरी नहीं कर पाऊँगी?'

बीयर की एक कैन ख़त्म करके, हुमायूँ ने दूसरी कैन खोल ली।

'इतनी हिम्मत तुममें आयी कहाँ से?' वह दहाड़ उठा और लपक कर, पीछे से मेरे बाल, अपनी मुट्ठी में दबोच लिये।

मैंने अपने बाल छुड़ाते हुए पूछा, 'इसमें तुम्हें हिम्मत की कौन-सी बात नज़र आ गयी?'

नूपुर, शादी करके मैं भयंकर भूल कर बैठी री! ख़ौफनाक भूल! मैं भी इन्सान हूँ। मेरी इच्छा-अनिच्छा को सम्मान देने के लिए, अगर कोई भी मर्द न हो इस देश में, तो इस प्यार-मुहब्बत या शादी-ब्याह जैसे खोखले रिश्ते की क्या ज़रूरत है?

जमुना

ब्राह्मपल्ली
मयमनसिंह

बूबू,

तुम्हारे एक के बाद एक दो ख़त मिले। ईश्वर-दोष मुझमें था! हाँ, अलबत् था। बेहिसाब था। आज भी महाकाश के बारे में, गहराई से सोचने बैठो, तो किसी-न-किसी सुप्रीम पावर पर बेशक विश्वास जन्म लेता है।

बूबू, इसके बावजूद मैं दुविधा में खड़ी हूँ। मैं यह कविता अक्सर पढ़ती हूँ–'जब तक है साँस, तब तक है आस; अभी आये, अभी गुम जाये, ईश्वर में विश्वास!' जय गोस्वामी की कविता की पंक्तियाँ हैं।

बूबू, तुम्हारी ज़िन्दगी में जो-जो घटा, उस बारे में मंतव्य देने का दुस्साहस मैं नहीं करूँगी। लेकिन, यह सच है कि जो-जो तजुर्बे तुमने अर्जित किये, जो-जो विश्वास समेटे, वे सब बेहद ज़रूरी थे। इस वज़ह से अगर कुछ तहस-नहस होता है, तो हो। हमेशा सारा कुछ इतना सजा-सजाया तो भला नहीं लगता न।

नूपुर

नूपुर,

तुम लोगों को देखने का बेहद मन करता है, री! पाँच साल! पूरे पाँच साल हो गये, नूपुर, तुम सबको नहीं देखा। माँ कैसी है? और अब्बू? काफ़ी दिनों से तूने भाई का कोई समाचार नहीं दिया। वे लोग भी क्या, बाक़ी सभी लोगों की तरह, मुझे बदचलन, चरित्रहीन ही मानते हैं? क्या वे लोग भी, बाक़ी और लोगों की तरह, मेरी गृहस्थी टूटने की वजह मुझे ही मानते हैं? मुझे ही गुनहगार समझते हैं।

हुमायूँ का जो भी सामान इस घर में था, सब ले कर वह चला गया।

एक दिन उसने कहा, 'वे सारे गहने तो वापस करो मुझे।'

उसके सोने के गहनों की बात तो मैं भूल ही गयी थी। बहरहाल, वह सब वापस लौटा देने के बाद, मेरा तन-बदन बेहद हल्का-फुल्का और फुरफुरा हो आया, मानो अगर मैं चाहूँ तो पँख फैला कर हवा में उड़ सकती हूँ। सोने का वजन काफ़ी भारी होता है। औरतें इस वजन तले दबी, घर-गृहस्थी के सागर में इस क़दर निमज्जित रहती हैं कि दुनिया की कोई रोशनी-हवा, उन लोगों को स्पर्श नहीं कर पाती।

मैं दिनोंदिन अतिशय शुद्ध हो उठी हूँ, नूपुर, मैं ठीक इसी जगह आ पहुँचने के लिए, शायद इतनी लम्बी, तकलीफ़देह ज़िन्दगी, ऊबड़खाबड़ राहें पार कर आयी। आज भी मुझे यही लगता है कि मेरा गंतव्य यही है। यहाँ तक आ कर स्थिर खड़े होने के लिए ही, मेरी पिछली ज़िन्दगी में इतनी अस्थिरता थी।

नूपुर, कम-से-कम तू मुझे ग़लत मत समझना! कम-से-कम तू तो मुझे यह हिक़ारत मत देना कि बूबू, तुम भ्रष्ट हो गयी हो। इस घर में मैं अकेली हूँ! बिल्कुल अकेली! दिन भर के बाद, जब समूचे घर पर रात उतर आती है, मुझे चारों तरफ़ बेहद स्निग्धता का

एहसास होता है। समूचे घर में अब, न शराब की गन्ध है, न सारी-सारी रात किसी पियक्कड़ की आँय-बाँय का शोर! कुसुम मेरा घर-द्वार व्यवस्थित रखती है। बिस्तर पर बिछी श्वेत-शुभ्र चादर देख कर मेरे मन में कहीं माया जाग उठती है; अपने लिये अतिशय माया। मैं कैसी भीषण भूल में वनवास झेल रही थी। मेरा ख़याल था, मुक्ति शायद युगल जीवनयापन से ही आती है, लेकिन शायद मुक्ति एकमात्र प्यार में ही सम्भव है! जो समाज, मर्दों के शासन और शोषण में ही औरतों के पलने-बढ़ने और सयानी होने को ही शोभन मानता है, उस समाज में औरत-मर्द के विवाह-पूर्व सम्बन्धों को प्यार मान लेता है। हाँ, प्यार का हम ग़लत अर्थ लगाते हैं। मर्द, औरतों के तन-मन पर अपना आधिपत्य चाहते हैं तथा औरतें भी मर्दों की इच्छा की बलिवेदी पर अपनी जान निसार कर देना चाहती हैं—अब, और लोग चाहे जो कहें, मैं इसे प्यार नहीं कह सकती। किसी को हथकड़ी-बेड़ियों में जकड़ देने को प्यार नहीं कहते।

नूपुर, मैं तो नष्ट हुई जा रही थी। मैं एक ग़लत प्यार के मोह में, ज़िन्दगी बर्बाद कर रही थी। काफ़ी कुछ अब्बू पर अभिमानवश और काफ़ी कुछ अपनी भूलवश! अब्बू कैसे हैं, नूपुर? उनका क्या एक बार भी मुझे देखने का मन नहीं करता? मुझसे भेंट करने की चाह नहीं जागती? वह शख़्स क्या सच ही बिल्कुल पत्थर है?

ख़त देना!

जमुना

बूबू,

परीक्षा चल रही है! फ़ाइनल परीक्षा! अम्मी दुआ माँगने के लिए मुझे पीर-कोठी ले गयी थीं। पीर साहब मेरे माथे पर फूँक और अनर्गल बोले जा रहे थे। मुझे उनके बोल बिल्कुल बनावटी और रटे-रटाए लगे। उनकी पूरी बात का मतलब था—मैं फ़िक्र न करूँ!

अल्लाह के दरबार में वे मेरे लिये दुआ माँगेंगे और अगर वे दुआ पेश करेंगे, तो अल्लाह वह दुआ ज़रूर क़बूल करेंगे। उनकी बग़ल में मौजूद दाढ़ी वाले एक नौजवान ने कहा, 'वलीअल्लाह साहब की बात अल्लाह ज़रूर सुनते हैं।'

पीर साहब ने मेरे सिर पर हाथ रखा। वह हाथ, मेरे माथे से उतरते हुए, गर्दन और फिर पीठ तक आ पहुँचा। पीठ पर पड़े हाथ ने हल्का-हल्का दबाव डाल कर मुझे उनके शरीर से घनिष्ठ कर दिया। इसके बाद, उन्होंने जाने कौन-कौन से सुरा पढ़ कर, मेरे माथे पर फूँक मारी! मेरी समूची देह, किसी अचीन्हे आलिंगन में थरथरा उठी। ऐसा लगा, जैसे वे मेरे बालों की ख़ुशबू ले रहे हों। जितनी देर मुझसे हो सका, मैं दम साधे, साँस रोके रही। अम्मी दरवाज़े की दूसरी तरफ़ खड़ी थीं। यही नियम है। जिसे भी, बहुत मुमकिन है जिस जवान औरत पर, वे सुरा पढ़ कर फूँक मारते थे, उसके अभिभावक, वहाँ से ज़रा दूर, आड़ में खड़े रहते थे। अब उनके हाथ पीठ से होते हुए मेरी बाँहों पर, बाँहों से फिसलते हुए, मेरे वक्ष पर आ कर टिक गये।

उन्होंने फरमाया, 'यहाँ मैंने अल्लाहपाक को यह दिया है। यह रूह एक दिन उड़ जायेगी, अपने कल्ब को ठण्डा रखो, ईमान को मज़बूत रखो!'

अच्छा, बताओ तो मेरे तन-बदन पर उनका स्नेहिल हाथ था या लोभ का? लेकिन, मेरी समझ में आ गया है! इन्सान को क्या यह पता नहीं चलता कि उसकी देह से लता लिपटी हुई है या साँप?

अपने को मैंने धीमे से अलग कर लिया। अम्मी ने विनय से मुस्कराते हुए, पीर साहब के हाथ पर दो हज़ार रुपये रख दिये। उन्होंने झटपट अपने धोबी-धुले अद्धी के कुर्ते की जेब में रख लिया। पता है, बूबू, मैंने सुना है कि इस आदमी के मुरीदों की तादाद पचास हज़ार से भी ज़्यादा हो चुकी है। जब मैं पीर-कोठी से

लौट रही थी, मैंने देखा, पच्चीस-तीस लड़कियाँ, आँगन में सिमटी-सिकुड़ी-सी बैठी हैं।

इसी शख़्स के प्रति, दूर-दूर से, माँ से उनके बारे में कहानियाँ सुन कर, मेरे भी मन में काफ़ी श्रद्धा जन्मी थी। क़रीब जाते ही सारी पोल-पट्टी खुल जाती है! मुखौटे के भीतर से उनका असली चेहरा नज़र आने लगता है। जो ये बातें नहीं समझतीं, वे लोग निपट अन्धी होती हैं।

परीक्षा में मेरे पर्चे ठीक ही हो रहे हैं। तुम ख़त देना। अब्बू की तबीयत तो ठीक है, मगर मन ठीक है या नहीं, मैं नहीं जानती। माँ मज़े में है। भाई अमेरिका जाने की कोशिश कर रहा है।

नूपुर

नूपुर,

भाई में ऐसा कौन-सा फ्रस्ट्रेशन आ समाया है कि वह अमेरिका जायेगा। ऑड-जॉब करते हुए प्रवास का दुरारोग्य जीवन गुज़ारने का शौक़ चर्राया है? या कोई दूसरा अच्छा काम मिला है? कोई व्यावसायिक वज़ह है या सिर्फ़ सैर-सपाटे का इरादा है? सुना है कि भाई का कारोबार काफ़ी फल-फूल उठा है। उसका अचानक यह अधःपतन क्यों हुआ? या वह ऊर्ध्वमुखी हो आया है, कौन जाने!

नूपुर, क़ुरान में लिखा है—अन्धों की तरह विश्वास करो। कोई युक्ति नहीं, कोई ज्ञान नहीं, सिर्फ़ अन्धविश्वास ही धर्म का नियम है। धर्म नामक चीज़ में, इन्सान का धंधा, कच्चे माल के तौर पर इस्तेमाल किया जाता है। माँ के वह पीर, उन्हें निःस्व करके ही दम लेंगे। माँ तो इहलोक में ही निःस्व होने के लिए राज़ी हैं, चूँकि वे परलोक में बिहिश्त के शानदार जीवन का स्वाद पाना चाहती हैं। अच्छा, माँ से यह पूछा या नहीं कि वे दारू वग़ैरह तो पी सकेंगी न?

बिहिश्त का प्रमुख पेय दारू है। अब्बू अगर माँ के सामने ही सत्तर जन हूरों में मगन नज़र आयें, तो वे ताल ठीक-ठीक सँभाल सकेंगी न?

हुमायूँ दो हफ़्तों के अन्दर मानिकगंज से यहाँ एक चक्कर लगा गया। एक दिन के लिए वह यहाँ ठहरा भी था। बेहद निर्लिप्त चेहरा, जैसे कुछ नहीं हुआ। उसने कुसुम से चाय माँग कर पी। रात को खाने की मेज़ पर, उसने बताया कि वहाँ उसे खाने-पीने की ख़ास कोई तकलीफ़ नहीं है। घर में नौकर है, ख़ासा बढ़िया खाना पकाता है। लेकिन किसी एक दिन पिसी हुई सरसों में ईलिश मछलियाँ पकाते वक़्त, वह गड़बड़ कर बैठा, वह खाना खाया नहीं गया। खा-पी कर हुमायूँ बिस्तर पर आ लेटा। मैंने महसूस किया, मेरा शरीर भी मारे प्यास के उबल आया था। हम दोनों काफ़ी देर तक शरीर के अंगों से खेलते रहे और उसी दिन मैंने यह भी महसूस किया, इतने दिनों तक मेरा शरीर ही, हुमायूँ की इच्छा मुताबिक क़ैद था। हुमायूँ अपने शौक या सुविधा मुताबिक मुझे ग्रहण करता था और भोग करता था। उस दिन मैंने हुमायूँ का भोग किया। इतने अर्से तक हुमायूँ की ज़रूरत ही अहम थी। हुमायूँ बुलाता था, इसलिए मुझे बिस्तर पर जाना पड़ता था; हुमायूँ की चाह-मर्ज़ी मुताबिक़, मुझे अपने कपड़े उतारने पड़ते थे। उस दिन मुझे एहसास हुआ कि मैं अपनी ज़रूरत के तकाज़े पर उसे ग्रहण कर सकती हूँ और उसे भोग भी सकती हूँ। मैं सच कहती हूँ, इतने दिनों बाद, मैं बेहद ख़ुश हुई।

अगले महीने, मैं कोई छोटा-सा घर किराये पर ले लूँगी, इस घर का ख़र्च बहुत ज़्यादा है। मैं अपना नया पता भेजूँगी, तब ख़त देना।

बूबू

श्यामली

ढाका

नूपुर,

नया घर, मेरे दफ़्तर के क़रीब ही है। आने-जाने का ख़र्च थोड़ा कम हुआ। हुमायूँ हर महीने एक बार आयेगा। आने के बाद, हद-से-हद दो दिन यहाँ गुज़ारेगा। इस बार जाते हुए उसने मेरे बाल, माथा सहलाते हुए, प्यार किया और कहा–'लक्ष्मी बीवी बनी रहना।' मैंने उसका यह स्पर्श अपने अंग-अंग में जी भर कर ग्रहण किया। औरत के शरीर को, बीच-बीच में, मर्द के इस स्पर्श की ज़रूरत होती है। नहीं, हुमायूँ को नहीं, मुझे अपनी ज़रूरत के तकाज़े पर एक अदद मर्द चाहिए, इसलिए मैंने भी नर्म मुस्कान बिखेरते हुए कहा, 'सुनो अगले महीने ठीक-ठीक चले आना।'

सुन, नूपुर, मैंने किसी प्यारवश हुमायूँ से यह जुमला नहीं कहा। हुमायूँ के अलावा मैं किसी भी मर्द से यह बात कह सकती थी। मैं अब अपना यह शुचिता रोग, नीरोग करना चाहती हूँ।

दफ़्तर में काम बढ़ गया है। लेकिन, फ़ील्डवर्क भी करना पड़ता है–मीरपुर, साभार, डेभरा, यात्राबाड़ी वग़ैरह जगहों में तेज़ धूप में घूमना पड़ता है। दफ़्तर के लोग-बाग हुमायूँ के लिए अफ़सोस ज़ाहिर करते हैं। शायद मेरे सामने उसके लिए, हर किसी की ममता ख़ासी बढ़ जाती है। हुमायूँ के बारे में इतनी अतिशयता दिखाने की, मुझे कोई वज़ह नज़र नहीं आती। वह मुझे बहुत ज़्यादा याद भी नहीं आता। अच्छा, सुन, तू पाशा को पहचानती है? एग्री-इंजीनियरिंग में वह मुझसे, एक क्लास ऊपर पढ़ता था। वह मेरे दफ़्तर में मुझसे भेंट करने आया था। पुराने दिनों को याद करते हुए, हम दोनों में ख़ासी गपशप हुई। उसे मैं अपने घर भी ले आयी, दोपहर का खाना, हमने साथ खाया। उससे जुड़ी, कितनी-कितनी बातें हैं। किसी ज़माने में, पाशा को मैं बेहद पसन्द थी। दो-दो प्रेम-पत्र भी लिखे थे उसने। वैसे मैं उसे लिफ़्ट नहीं देती थी। उन पुराने दिनों को याद करते हुए, हम दोनों काफ़ी देर हँसते भी रहे।

इन दिनों पाशा ने अपने दो दोस्तों के साथ मोती झील में एक फ़ार्म खोला है। उस बार, दिन भर गपशप करके पाशा चला गया।

इन दिनों मेरी व्यस्तता पहले से ज़्यादा बढ़ गयी है, दफ़्तर के कुछ काम घर ला कर निपटाने पड़ते हैं। इस वजह से, अपने लिए काफ़ी कम वक़्त मिलता है। शाम ढले, अगर मैं ज़रा टहलने न निकलूँ, तो मन में बेतरह सीलन भरी होती है। इधर कई दिनों से बिल्कुल भी वक़्त नहीं मिलता।

भाई के बेटे की क्या ख़बर है? सौम्य की? स्कूल में भर्ती हुआ या नहीं? घर में सभी कुशल-मंगल हैं न? सुन, परीक्षा के पर्चे ठीक-ठाक करना!

तेरी

बूबू

बूबू,

दूर चले जाओ, तो क्या मन नर्म हो उठता है? सारे झगड़ा-झंझट ख़त्म करके, तुम दोनों दुबारा मिल जाओगे, सुखी होंगे, इसका मुझे पहले ही अन्दाज़ा हो गया था। हाँ, मैं हुमायूँ के बारे में बात कर रही हूँ। जब वह दूर चला गया है, तो तुम क़ातर हो उठी हो। मुझे तो यह समझ में नहीं आता कि उस आदमी का प्यार-दुलार, तुम्हारे तन-बदन पर काँटे की तरह चुभा क्यों नहीं?

यह पाशा कौन है? वही लम्बे-लम्बे बालों वाला? जिसकी सुतवाँ नाक थी, मरगिल्ला-सा लड़का? उसकी याद भला क्यों नहीं रहेगी? एक दिन वह लड़का मेरे घर के दरवाज़े पर भी आया था। मेरे हाथ में गुच्छाभर गुलाब थमाते हुए उसने फुसफुसा कर पूछा था, 'तुम्हारी दीदी घर में ही है?' मेरे हुँकारी भरते ही, उसने झट से कहा—'ये फूल अपनी दीदी को दे देना।' और लगभग दौड़ता हुआ ग़ायब हो गया। परीक्षा में मेरा 'वायवा' ख़त्म होने में अभी पन्द्रह

दिन बाकी हैं। उसके बाद मैं जी भर कर सैर-सपाटे करूँगी। ब्रह्मपुत्र नदी की हवाख़ोरी करूँगी।

माँ से मैंने सवाल किया था, 'तुम उस पाजी-बदमाश शख़्स को पीर मानती हो? क्यों?'

मेरा सवाल सुनते ही माँ हाय-हाय कर उठीं, क्योंकि मैंने अल्लाह के किसी वली को पाजी-बदमाश कहा था। उन्होंने चीख़-चीख़ कर कहा कि अल्लाह मुझे कभी माफ़ नहीं करेंगे; हश्र में मेरे लिये सख़्त-से-सख़्त सजा का विधान करेगा। उस दिन मैंने देखा, अकेले कमरे में, माँ समूची शाम फ़फ़क-फ़फ़क कर रोती रही। भाई जा रहे हैं। अचानक बीमार हो कर, अब्बू ने बिस्तर पकड़ लिया है। वैसे अब्बू काफ़ी कड़क इन्सान हैं। बेहद मज़बूत! आज से पहले, कोई भी रोग-शोक उन्हें बिस्तर पकड़ने को लाचार नहीं कर पाया। माँ इस वजह से भी रोती रहती है।

माँ की पीठ सहलाते हुए, मैंने उनसे पूछा, 'माँ, तुम रो क्यों रही हो?'

माँ ने जवाब दिया, 'क़ब्र की अयाब से बचने के लिए, मैं अल्लाह से पनाह माँग रही हूँ, री बिटुआ।'

मैं अवाक् रह गयी। तुम मर गयीं या ज़िन्दा हो, इस बारे में नहीं, भाई विदेश चला जायेगा, इस बारे में भी नहीं, अब्बू ब्लड-प्रेशर के मरीज़ बन गये हैं—इन तमाम बातों ने उन्हें स्पर्श नहीं किया। माँ इसलिए रो रही थीं कि क़ब्र की तकलीफ़ से अकेले उन्हें ही मुक्ति मिले।

अच्छा बूबू, जो लोग स्वार्थी होते हैं, क्या अकेले ही पूजा-पाठ, धर्म-चिन्तन करते हैं? या धर्म ही इन्सान को स्वार्थी बना देता है?

बूबू, उतनी दूर, श्यामली में अकेली रहते-रहते क्या तुम्हें असुविधा हो रही है?

ख़त देना।

नूपुर

नूपुर,

अपने नाम के साथ मिला कर, मैंने तेरा नाम रखना चाहा था—मेघना! बचपन में तू पैरों में पैंजनिया पहन कर घूमती फिरती थी; मामू तुझे नूपुर बिटिया! नूपुर बिटिया कह कर बुलाते थे; मामू की देखादेखी, बाक़ी सभी लोग भी तुझे इसी नाम से पुकारने लगे। इसके बाद, तेरा नाम 'नूपुर' ही हो गया।

नूपुर, आज मैं तुझे अर्से बाद लिखने बैठी हूँ, तूने पूछा था कि नये मकान में मुझे कोई असुविधा हो रही है या नहीं। नहीं रे, कोई असुविधा नहीं है! अगर सोच लूँ कि परेशानी कोई नहीं है, तो सच ही कोई परेशानी नहीं होती। इसके अलावा, मैं सोचूँ भी क्यूँ कि सारी सुविधाएँ मुझे बिना किसी रुकावट के मिल ही जायेगी? मेरे लिये थोड़ा बहुत उतार-चढ़ाव हो, थोड़ा-बहुत दुख-कष्ट हो, तो नुकसान भी क्या है? इस बीच पाशा आया था। वह बेहद प्यारा रवीन्द्र संगीत गाता है। बरामदे में बैठे-बैठे उसके गीत सुनते-सुनते, कई शामें बेहद अच्छी गुज़र गयीं। सुन, नूपुर, तू यह बिल्कुल मत सोचना कि मैं पाशा के इश्क़ में पड़ गयी हूँ। मुझे गाना सुनना अच्छा लगता है, इसलिए उससे गाने सुनती हूँ। मैं अपनी चाह को बेभाव, अमल 'लिफ़्ट' दे रही हूँ।

तू मुझे स्वार्थी मत कहना। इसे स्वार्थ नहीं कहते। इसका नाम है, हमेशा से वंचित इन्सान का अपने लिये कुछ अर्जन। तेरे तो इम्तहान ख़त्म हो चुके होंगे। अब्बू से कह कर ढाका आ जा। मेरे यहाँ तेरी देखभाल में कोई कमी नहीं होगी।

जमुना

ब्राह्मपल्ली

मयमन सिंह

बूबू,

मूमू आ कर उजाड़-गाँव-बस्ती में, अपने नाना के यहाँ ले जाना चाहती है। परीक्षा ख़त्म! मैंने माँ से कहा है, कुछ दिनों ज़रा गाँव के चक्कर लगा आऊँ। अब्बू अब स्वस्थ हो गये हैं। तुम इस बीच, ख़त देती रहना। वापस लौट कर, मुझे सारे ख़त मिल जायेंगे।

अर्से से हरियाली नहीं देखी। इस बार जी भर कर सुजला-सुफला-शस्य-श्यामला देश देखूँगी। मुमकिन है, अचानक तुम्हारे सामने भी प्रकट हो जाऊँ। सुना है, दन्तस ने सच ही कोई दूसरी लड़की ढूँढ ली है। उस लड़की को भी पहले की तरह ही बत्तीस-बत्तीस पन्नों के ख़त भेजता रहता है। ठीक पहले की तरह, उस लड़की के पास भी, तारीख़ माँगने जायेगा। वाकई, धन्य हैं ये मर्द! मेरे पीछे-पीछे भी कम तो नहीं घूमा। छह वर्षों का प्रेम, छह दिन में हवा हो जाता है और ये लोग नये उत्साह और उद्यम के साथ दुबारा मैदान में उतर पड़ते हैं।

ऐसे लोग क्या वाक़ई इन्सान होते हैं?

नूपुर

नूपुर,

लगभग दो महीनों बाद, तुझे ख़त लिख रही हूँ। इस बीच एक अजीब घटना घट गयी। एक दिन मुझे कैसी तो हरारत महसूस हो रही थी, दफ़्तर से दो दिनों की छुट्टी ले ली है। कई दिनों रात जाग-जाग कर दफ़्तर के काग़ज़ात तैयार करती रही, इसलिए लम्बी नींद लेने के लिए मैंने नींद की दो गोलियाँ भी ले लीं। शाम ढले पाशा आ गया। उसने मेरे माथे पर हाथ रखा। उस वक़्त तक मेरी समूची देह शिथिल हो आयी थी। मैंने अपनी थकी-थकी हथेली उसके हाथों में दे दी, पाशा ने अपनी गर्म हथेलियों में मेरा हाथ कस कर मुझे आवाज़ दी—जमुना! जमुना!

जमुना उस वक़्त स्रोतस्विनी नदी बन गयी। जमुना के दोनों किनारों पर जल-ही-जल उफ़न आया। जमुना ने उसे अपने क़रीब कर लिया, और क़रीब! क़रीब आते-आते, पाशा उसके इतने क़रीब आ गया, इतने क़रीब...कि जमुना सच ही जमुना बन गयी, नूपुर। मुझे और कुछ भी याद नहीं। सिर्फ़ समूचे तन-बदन में कोई याद अपने अमिट निशान छोड़ गयी। तीखे सुख के निशान!

मैं रोकती भी तो आख़िर किसे रोकती? अपने को या पाशा को? नहीं, मुझे किसी को भी मना करने का मन नहीं हुआ, न अपने को! न पाशा को! यह ज़िन्दगानी आख़िर कितने दिनों की है? कुछ दिन तक लोल चर्म तले, चंद सुखद यादें ढोती फिरूँगी और उसके बाद किसी दिन अचानक से मर जाऊँगी। हाँ, मर ही तो जाऊँगी। जब मर ही जाना है, तो इतना छूत-मार्ग, दूर-दूर भागने की राह क्यों अपनायी जाये, जी? यह जो खिली-खिली मैं ज़िन्दा हूँ—यही तो जीवन है! जीवन तो एक प्रकार का खेल है, नूपुर!

नहीं, मुझे कोई ग्लानि नहीं हो रही है! मुझमें कोई अपराध-बोध नहीं है। इसीलिए तेरे सामने भी साफ़-साफ़ और सच्ची बात कहने में मुझे कोई दुविधा नहीं हुई।

जमुना

नूपुर,

मेरी फ़ुर्सत का वक़्त, पाशा के साथ गुज़रता है। हम दोनों कहीं दूर तक निकल जाते हैं। एक दिन धलेश्वरी नदी तट की ओर! वहाँ हमने डूबते हुए सूरज का नज़ारा किया। धलेश्वरी के किनारे बैठे-बैठे, हम दोनों ने ज़िन्दगी की बातें कीं। हाँ, दो-चार सुख-दुख भी गुमसुम-से हमारे सामने आ खड़े हुए! ज़िन्दगी की इतनी निरर्थकता, इतनी ग्लानि के बाद भी ज़िन्दगी इस क़दर

ख़ूबसूरत क्यों है, नूपुर? मेरी निगाहों में प्रकृति और पाशा एक-दूसरे में घुल-मिल कर एकाकार हो गये। सीने के अन्दर जैसे धलेश्वरी की लहरें उथल-पुथल मचाती हैं, पाशा भी लहरें जगाता है! मेरी ज़िन्दगी में पाशा आख़िर है कौन, नूपुर? पाशा मेरा कोई सगा-स्वजन नहीं है फिर भी उसके लिए मेरा तन-मन थरथराता रहता है। ऐसा एहसास मुझे, अर्से से, हुमायूँ के संदर्भ में नहीं होता। पहले इस लड़के को देख कर मुझे ख़ास भला नहीं लगता था, लेकिन अब बेहद अच्छा लगता है री! अब, वह पहले की तरह दुबला-पतला, मरगिल्ला नहीं रहा, सबसे ज़्यादा मोहक लगता है, उसका विशाल-प्रशस्त सीना! वह हजामत के बाद, ब्रूट लगाता है, कैसी मोहक खुशबू फैल जाती है। मेरी बात का विश्वास कर, नूपुर, जब मैं उसके सीने में अपना चेहरा दुबकाती हूँ, मेरा मन भी अनन्त खुशबू से भर जाता है। मैं चाह कर भी अपनी मुँदी हुई आँखें, भीगे होंट, उसके रोंएदार सीने से नहीं हटा पाती।

पाशा ने अभी तक शादी नहीं की। ख़ैर, उसकी उम्र भी इतनी नहीं कि शादी ज़रूरी हो।

एक दिन मैंने उससे पूछा भी, 'तुम शादी क्यों नहीं कर लेते?'

पता है, उसने क्या जवाब दिया?

उसने कहा, 'शादी जिससे करना चाहता था, जब उसी से नहीं कर पाया, तो अब शादी करूँगा ही नहीं!'

मैंने अचकचा कर सवाल किया, 'किससे शादी करना चाहते थे? मुझसे?'

पाशा मुस्करा उठा। उसने ज़ुबान से कुछ नहीं कहा।

'कहो तो तुम्हारे लिये लड़की देखूँ?'

वह मेरे बेहद क़रीब आ गया और उसने मेरी ठुड्डी छू कर कहा, 'क्यों? तुम क्यों? लड़की तो मैं खुद भी देख सकता हूँ।'

मुमकिन है, पाशा का यह सपना कभी सफल नहीं होगा,

लेकिन उसके भावावेग ने मुझे अन्दर तक आत्मसात कर लिया। पाशा जब मुझसे प्यार की बातें करता है, थोड़ा-थोड़ा ही सही, मैं भूल जाती हूँ कि मैं कौन हूँ, क्या हूँ, क्यों हूँ मैं मानो उत्ताल समुद्र बन जाती हूँ और पाशा मेरे समूचे अतल में डूबता हुआ। मामूली-सा तिनका भर हो। ऐसी ही एक रात, मैं पाशा मैं बेहद घनिष्ठ हो उठी। इसके बाद, पाशा दो दिनों बाद, फिर आया। फिर वही खेल! खेल समाप्त हो जाने के बाद, मेरे सिरहाने बैठ कर, उसने दो गीत सुनाये—'अनन्त सागर में, बहा दो तरी!' और 'अति विस्मय लागे, हेरि-हरि तुम्हें!' वे दोनों गीत अभी भी मेरे कानों में बजते रहते हैं।

नूपुर, किसी दिन तू अचानक चली आ! आ कर मेरा दरवाज़ा खटखटाते हुए—'बूबू! बूबू!' कह कर आवाज़ दे। कितने-कितने दिनों से मैंने तुझे देखा नहीं! तुझे देखने का बे-ह-द मन होता है री!

बूबू

ब्राह्मपल्ली

मयमन सिंह

बूबू,

गाँव अब पहले जैसे गाँव नहीं रहे। लोग बेहद धूर्त हो गये हैं। जिन लोगों की आँखों में मैंने सोचा था कि सच्चाई और सरलता पान करूँगी, वे लोग आज हिंस्र और वीभत्स हो उठे हैं। मैं जिस गाँव में गयी थी, उसका नाम है—अर्जुनखिला! जब मैं उस गाँव में मौज़ूद थी, मस्जिद के इमाम ने, पढ़ने के लिए मदरसा आने वाली एक लड़की के साथ बलात्कार कर डाला। उसने एक अबोध किशोरी का बलात्कार किया था। मूमू ने एक पक्के घाट वाले पोखर में उतर कर, तैरने की फ़र्माइश की, मगर मेरा मन ही नहीं हुआ। पोखर का पानी भी मेरी नज़रों में शुद्ध-स्वच्छ नहीं रहा।

सुन, बूबू, पाशा के बारे में मुझे भयंकर फ़िक्र होने लगी है।

कहीं तुम फिर किसी झमेले में न फँस जाओ। पाशा किस इरादे से तुम्हारे घर आता-जाता है, यह भी मेरी समझ में नहीं आता। मर्द-बच्चे पर इतनी आसानी से मुझे भरोसा नहीं होता। मर्द पर भरोसा मैं करना भी नहीं चाहती।

भाई का विदेश जाना, अन्त में नहीं हुआ। सौम्य इस बार क्लास वन-ए में गया। तुमने तो उसे काफ़ी छुटपन में देखा था। माँ से मेरी दूरी बढ़ती जा रही है, इन दिनों उनका ज़िक्र, मेरी निगाहों में बेहद बीभत्स लगने लगा है।

पुनश्च : तुम क्या फ्री-सेक्स में विश्वास करती हो, बूबू?

नूपुर

श्यामली

ढाका

नूपुर,

तूने पुनश्च लिख कर, फ्री-सेक्स के बारे में पूछा है! सुन, फ्री-सेक्स में नहीं, मैं फ्रीडम ऑफ सेक्स में विश्वास करती हूँ। पाशा को ले कर इतना फ़िक्रमंद होने की ज़रूरत नहीं है। प्यास से बेचैन शरीर को जलदान करना, किसी ग़ौरवहीनता की बात नहीं है! हुमायूँ के शरीर ने क्या मेरे इन्तज़ार में संयम बरता? कभी भी नहीं! पाशा जब मेरे सिरहाने बैठ कर गाता है, उसके गीत किस क़दर अभिभूत कर देते हैं; जब वह मुझे गाढ़े आलिंगन में कस लेता है, मुझे स्पर्श करता है, मुझे यह बात बिल्कुल याद नहीं आती कि मेरी देह में और किसी की भी यादें बसी हैं। मैं पाशा को अपने अंग-अंग में समा लेती हूँ। पाशा के साथ और कोई गपशप होती ही नहीं, मानो मेरी दुनिया, इस विश्व-संसार का कहीं से, कोई हिस्सा नहीं है। हम किसी सुदूर ग्रह के इन्सान हैं। अचानक जाने कहाँ से छिटक कर, हम दोनों आ मिले और अबाध आनन्द में डूब

गये। शायद ऐसा ही प्रेम सुरक्षित होता है, जो प्रेम किसी परिणति की ओर नहीं बढ़ता। मैंने किसी भी परिणति को आज तक स्वस्थ या सजीव नहीं देखा।

जमुना

बूबू,

तुम्हारे पास जाने के लिए अब्बू से मैंने एक मौखिक आवेदन किया है! मेरी इच्छा सुन कर, अब्बू कुछेक पलों के लिए गुमसुम बैठे रहे। उन्होंने ज़ुबान से कुछ नहीं कहा। उनकी अनुमति के बिना मैं कहीं नहीं जा सकती।

अब्बू दिन भर कोर्ट या चैम्बर में रहते हैं। माँ बहिश्त के ध्यान में मग्न रहती हैं। भाई आजकल घर में कम ही रहते हैं। भाभी सौम्य में व्यस्त रहती हैं। सिर्फ़ मुझे ही कोई व्यस्तता नहीं है। चलो, मूमू के साथ सैर तो हो गयी। दन्तस ने अपनी नयी प्रेमिका के साथ अच्छा-ख़ासा तालमेल बिठा लिया है।

असल में कोई न कोई अपना होना ही चाहिए! दोस्त या कोई क़रीबी इन्सान! वह इन्सान तुम हो सकती हो, माँ या भाई, कोई भी हो सकता है। क़रीबी इन्सान, कोई पुरुष ही हो, अब मैं ऐसा नहीं सोचती। तुम मेरी दोस्त बन गयी हो। कभी-कभी तुम ही माँ भी लगती हो; कभी बहन और कभी अन्तरंग बन्धु! दन्तस कैसा अजीब लड़का निकला, देखा? ठीक-ठीक कहीं अन्यत्र भिड़ गया। फ़र्ज़ करो, अगर इसी दन्तस से मेरी शादी हो जाती, तो कोई सोच सकता है कि ऐसे एक नाकारा, फ़िजूल-से लड़के के साथ एक कमरे में मुझे बाकी ज़िन्दगी रहना-सहना पड़ता।

ख़त देना, बूबू!

नूपुर

नूपुर,

इधर कई दिनों से मुझे भयंकर मिचलाहट हो रही थी। शायद कहीं अलस खड़ी हूँ, अचानक आँखों के सामने सारे घर-मकान, मैदान, वृक्ष, नदी एकदम से गोल-गोल घूम जाते हैं। उस दिन मेरे कमरे में भी ऐसा ही हुआ। कमरे की दीवारें, गोयेर्निका मानो लुढ़कने-पुढ़कने लगे हों और ऐसा लगा सारा कुछ अभी टूट गिरेगा। खिड़की पर झूलते हुए भारी पर्दे, खिड़की की राह अन्दर घुस आयी धूप, बुकशेल्फ, किताबें, टेबिललैम्प एकदम से गोल-गोल चक्कर खाने लगे।

मैं डॉक्टर के पास गयी थी। उन्होंने मुझसे पेशाब की जाँच करने को कह दिया। आज प्रिग्नेन्सी रिपोर्ट भी ले आयी। पॉज़िटिव! पॉजिटिव का मतलब समझती है न, नूपुर?

तूने एक बच्चा गोद लेने को कहा था न! मैं राज़ी हूँ! क्योंकि इस बच्चे को नाम मैं ही दूँगी। इस बच्चे की गार्जियन बनूँगी मैं! यह बच्चा मेरे परिचय के साथ बड़ा होगा। मैं उसे सच्चा इन्सान बनाऊँगी। अगर बेटी हुई, तो मैं उसको नाम दूँगी न पद्मा! पद्मा चौधरी! वह मेरा बच्चा होगा। क़ानून का सहारा ले कर है किसी मर्द की इतनी मजाल कि उस बच्चे को अपने क़ब्जे में ले ले?

उस दिन हँसते-हँसते ही मैंने पाशा से इस बात का ज़िक्र करते हुए कहा, 'मेरे शरीर में और भी एक शरीर पल बढ़ रहा है–'

पाशा का चेहरा, आशंका से नीला पड़ गया, 'अब क्या होगा?'

मैंने उसी तरह हँसते हुए कहा, 'होना क्या है? नन्ही-सी, गोल-मटोल बेटी होगी।'

पाशा आतंकित हो उठा, 'यह तुम क्या कह रही हो, जमुना?'

'हाँ, मैं बिल्कुल सच कह रही हूँ–'

'तुम्हें डर-भय नहीं है?'

'किससे?'

'तुम कुछ करो, प्लीज़।'

'क्या करने को कहते हो?'

'बच्चा नष्ट कर दो! और अगर यह सम्भव न हो, तो फिर, और कुछ नहीं, तो शादी...'

मैंने ज़ोर का ठहाका लगाया।

अगले ही पल मैंने पूछा, 'अच्छा, तो तुम इन दोनों में से कौन-सा चाहते हो?'

'शादी ही बेहतर...' पाशा ने बुदबुदा कर जवाब दिया।

मैंने पाशा की तरफ़ नहीं देखा। उस वक़्त ज़रूर वह बेहद बुद्धू-सा नज़र आ रहा था। मैंने दुबारा ज़ोर का ठहाका लगाया।

मैंने पाशा के कन्धे पर हाथ रख कर कहा, 'लेकिन, मैं तो तुमसे शादी नहीं करूँगी पाशा।'

'फिर यह बच्चा?' पाशा ने अचानक नाटकीय लहज़े में सवाल किया।

'यह मेरा बच्चा है।'

उसके बाद, पाशा फिर कभी नहीं आया। वैसे मैंने उसे आने को मना नहीं किया। इधर ज़रा-ज़रा यह भी एहसास होने लगा है मुझे हर वक़्त नींद आती है, पूरा बदन भारी होता जा रहा है। मैं अपने बच्चे को नाम दूँगी—सुख! सुख बेहद सुन्दर नाम है। है न नूपुर?

जमुना,
तेरी बूबू

बूबू,

अभी भी तुम्हारे बारे में सोचते हुए दिन गुज़ार रही हूँ। बुरा सपना देख कर, अचानक-अचानक मेरी नींद टूट जाती है। बूबू,

क्या सच ही तुमने फ़ैसला कर लिया है कि तुम अब एम आर नहीं करोगी? लोगों को तुम क्या बताओगी? हुमायूँ भी आ कर झमेला खड़ा करेगा। बूबू, अभी भी वक़्त है! ज़रा ठण्डे दिमाग़ से सोचो। समाज में तुम जी नहीं सकोगी, बूबू, लोग-बाग तुम्हें जीने नहीं देंगे।

मैंने तो काफ़ी कुछ नामंज़ूर कर दिया है, जाने कौन लोग तो अब्बू के पास मेरी शादी का प्रस्ताव ले कर आये थे। मैंने सीधे-सीधे अब्बू को मना कर दिया। मैंने ऐलान कर दिया—मैं शादी नहीं करूँगी। लेकिन, बूबू, तुम्हारा फ़ैसला मेरे दिल में ख़ौफ़ पैदा कर रहा है। सुनो, तुम्हें तो इसी देश में, इसी समाज में ही रहना है कहीं ऐसा न हो कि तुम्हें सियार-गिद्ध नोच-नोच कर न खा जाये।

तुम आख़िर कितने दुख सहोगी! हर चीज़ की एक सीमा होती है! तुम पाशा से शादी कर लो, मैं यह नहीं कहती, बूबू, तुम बस, एम आर कर डालो। मैं ढाका आ जाऊँगी, तुम्हें कोई परेशानी, कोई असुविधा नहीं होगी। बूबू, तुम अपना फ़ैसला बदल डालो।

नारीत्व, सतीत्व वग़ैरह प्रचलित संज्ञा तुम नहीं मानतीं, लेकिन लगता है, मातृत्व का माहात्म्य तुम ख़ूब मानती हो। तो क्या मातृत्व में ही नारी की सार्थकता है, इसीलिए तुम अपना नारी-जन्म सार्थक करना चाहती हो?

नूपुर

नूपुर,

मातृत्व में ही नारी-जन्म की सार्थकता है—ऐसी अजीबोग़रीब बात मैं मानती हूँ, तुझे विश्वास हो गया? बुद्धू लड़की! मैं तो अपना एक बच्चा चाहती हूँ, सिर्फ़ मेरा बच्चा। मेरे ही ख़ून-मांस से बना, बड़ा होनेवाला, मेरा बच्चा! अगर मैं अपनी चाह को पूर्णता दे पायी, तो मेरी सार्थकता उसी में है! मैंने जैसे अपने ऊपर से मर्द का अश्लील आधिपत्य हटा दिया, अपने बच्चे पर से भी उसका

आधिपत्य हटा दूँगी।

नहीं, मैं बच्चा नष्ट कर देने की सलाह क़बूल नहीं कर रही हूँ!

मैं ठीक हूँ! नूपुर, तू मेरे लिए ख़ामख़्वाह परेशान न हो।

बूबू

नूपुर,

दीर्घ ढाई महीने से तूने मुझे कोई ख़त नहीं लिखा। मुझ पर तुझे भयंकर ग़ुस्सा है न? हुमायूँ भी बेतरह नाराज़ है! यहाँ आते ही उसने देखा, मेरी कोख में चार महीने का बच्चा है। उसे मैंने ही बताया। उस दिन वह दोपहर को आया था और खा-पी कर, बिस्तर पर लेटा हुआ था।

उसने ख़ुद ही दरयाफ़्त किया, 'तुम इतनी थकी-थकी क्यों लग रही हो? क्या तबीयत ख़राब है?'

'ना–!' मैंने जवाब दिया।

हुमायूँ उठ कर मेरे, क़रीब आया और मुझे अपनी बाँहों में ले कर, उसने मेरा चुम्बन लिया ! हुमायूँ का स्पर्श मेरा बेहद जाना-पहचाना था। वह मेरे साथ सोना चाहता था।

मैंने कहा, 'देखो, मुझे ज़्यादा हिलाना-डुलाना मत। आय. एम. प्रिग्नेण्ट! पेट से हूँ मैं।'

मन-ही-मन थोड़ा विस्मित होते हुए भी, उसने अपने चेहरे पर मुस्कान क़ायम रखी। उसे शायद यह समझ नहीं आया कि मेरी इस ख़बर पर वह ख़ुशी से उछल पड़े या ग़ुस्से से आगभ भूखा हो उठे। सकपकाए हुए हुमायूँ को देख कर मैं भी उन्हें प्रस्तुत हो आयी।

बहरहाल, सारे आनन्द और विस्मय से उन्हें उन्मुक्त करते हुए मैंने कहा, 'मैं चार महीने की प्रिग्नेण्ट हूँ।'

हुमायूँ चौंक उठा। आज छह महीने बाद वह घर लौटा था और मैं चार महने की प्रिग्नेण्ट थी। इसके बाद, जो हंगामा मचा या

नहीं मचा, बस, तू अन्दाजा लगा ले।

हुमायूँ जब मुझे 'रण्डी' कह कर, मुझ पर गालियाँ बरसा रहा था, मैंने उससे सवाल किया, 'इन छह महीने, तुम बिल्कुल अकेले थे? किसी भी दूसरी औरत को तुमने नहीं छुआ, सच-सच बताओ?'

हुमायूँ ख़ामोश हो रहा। वह मेरे सामने इनकार नहीं कर पाया।

तब मैंने उससे कहा, 'तो फिर मैंने अगर किसी को छू लिया, तो तुम क्यों इतने तैश में आ गये? मैं क्या तुम्हारे खलिहान की धान हूँ, कि तुम अपनी मर्ज़ी-मुताबिक खाओगे-चबाओगे? मैं भी तो आख़िर इन्सान हूँ, हुमायूँ, भोग करना मुझे भी आता है। यह जो चार महीने का बच्चा है, मेरी कोख में, वह बच्चा मेरा है। अकेली मैं उसे जन्म दूँगी; अकेली मैं उसे परिचय दूँगी।'

उस वक़्त हुमायूँ अपने हर जुमले के साथ अतिरिक्त शब्द जोड़ रहा था—रण्डी! ताकि मेरे मन को बेहतर चोट लगे। लेकिन, मैं क्यों आहत होऊँगी? रण्डी कौन होती हैं? और वे लोग रण्डी क्यों बनीं—इसकी वजह मैं न जानूँ, इतनी बुद्धू मैं नहीं हूँ। हुमायूँ पिछले छह महीनों से वेश्याओं के यहाँ जाने लगा है। वेश्याएँ जरूर उसका साथ देती हैं, मगर वह किस हिक़ारत-भरे लहज़े में वह 'वेश्या', 'रण्डी' शब्द उच्चारण कर रहा था। छिः! मर्द के इस अद्भुत चरित्र का कोई बयान करना, मेरे बूते के बाहर है।

वेश्या या रण्डी शब्द के प्रति मेरे मन में कोई नफ़रत नहीं है, इसलिए अपने पर यह शब्द निक्षेप किये जाने पर, आहत होने का कोई सवाल ही नहीं उठता।

नूपुर, दफ़्तर लौटते हुए, रास्ते में बाज़ार से सब्ज़ी वग़ैरह ख़रीदती हुई लौटती हूँ। साग-सब्ज़ी ही मुझे ज़्यादा पसन्द है। हुमायूँ को गाय का मांस प्रिय था। मुझसे गाय का मांस बिल्कुल बर्दाश्त नहीं होता। इसके बावजूद, अपने लिये मांस-सब्ज़ी वग़ैरह की

ख़रीद छोड़ कर, गाय का मांस ख़रीद लाती थी। मांस चूल्हे पर चढ़ा कर इस इन्तज़ार में खड़ी रहती कि कब इसमें उबाल आयेगा, कब मेरा परम पूज्य स्वामी, इसे खा कर तृप्त होगा।

नूपुर, हर महीने डॉक्टर के यहाँ चेक-अप के लिए जाना पड़ता है। ख़ुद ही फल-मूल ख़रीदती हूँ; फ़ुर्सत निकाल कर, थोड़ा-बहुत आराम भी कर लेती हूँ।

मेरे लिये दुखी न होना, नूपुर! मैं बिल्कुल ठीक हूँ। अब्बू नियम-क़ानून के बन्दे हैं। उनकी नज़र में, मैं गुनहगार हूँ। मुझे क़ानून की समझ नहीं। मैं न तो धर्म समझती कर हूँ, न क़ानून। मैं तो सिर्फ़ इन्सान और इन्सान के सीधे-सरल स्वभाव को पहचानती हूँ। मैं मज़े में हूँ!

जमुना

बूबू,

हुमायूँ क्या अभी भी तुम्हारे यहाँ रहता है? तुम दोनों के बीच यह जो दूरी आ गयी है, यह बात मैंने घर में किसी को नहीं बतायी है। इस बात को ले कर ये लोग सैकड़ों तरह के हंगामा मचायेंगे। बूबू, रात गहराती जा रही है, मुझे नींद नहीं आती। सारी-सारी रात नींद के लिए छटपटाती रहती हूँ। तुमने लिखा है कि तुम मज़े में हो, लेकिन मैं जानती हूँ कि तुम किस भयंकर भविष्य की ओर बढ़ी जा रही हो।

अब्बू को मैंने बताया है कि दीदी बीमार है, मैं ढाका जाऊँगी। तुम्हारे बीमार होने की बात सुन कर, अब्बू काफ़ी देर तक ख़ामोश रहे। थोड़ा ठहर कर उन्होंने दरयाफ़्त किया, 'कौन-सी बीमारी लगा ली है, महारानी ने?' मैंने जवाब दिया, 'कौन-सी बीमारी है, मुझे नहीं मालूम। लेकिन, मुझे जाना होगा, बूबू वहाँ अकेली है।' अब्बू ने चश्मा उतारा। किसी बात का टेंशन होते ही, वे झटपट चश्मा

उतारते हैं। अब्बू ने पूछा, 'अकेली क्यों है? वह अकेली तो कभी होती नहीं?' 'इतने-इतने सवालों का जवाब देना मेरे लिये सम्भव नहीं—' इतना कह कर मैं उनके सामने से हट आयी। बात दरअसल यह थी कि जैसे मैं यह नहीं चाहती थी कि अब्बू तुम्हारे बारे में किसी बात को ले कर चिन्तित हों, उसी तरह मैं तुम्हारे बारे में कोई अशोभन मन्तव्य भी नहीं सुनना चाहती थी।

ख़त देना।

नूपुर

नूपुर,

हुमायूँ मेरे दफ़्तर में प्रायः सभी से यही कहता फिरा है कि मेरी कोख़ में जो बच्चा है, वह उसका नहीं है। मकान-मालिक के पास भी गया था। बातों ही बातों में उसे भी बता आया कि जो बच्चा जन्म लेने वाला है, वह उसका नहीं है। अपने नाते-रिश्तेदारों से भी वह कह आया है कि एक बदचलन लड़की से शादी करके, उसने बहुत बड़ी भूल की है। बहुत जल्दी ही वह मुझे तलाक़ देने वाला है।

लेकिन इस बार मैं तलाक़नामा पा कर निर्लिप्त नहीं रहूँगी। कभी मैं गाया करती थी—'ओ जी हवा उत्ताल...' अब, मैं वह गीत नहीं गाऊँगी। मैं ज़ोर-ज़ोर के ठहाके लगाऊँगी।

डॉक्टर ने पच्चीस अगस्त की तारीख़ दी है। धानमण्डी की एक क्लिनिक में, हर पन्द्रह दिन बाद, चेक-अप के लिए जाती हूँ।

पिछली रात, मकान-मालिक की बीवी आयी थी।

उसने नाक-भौं चढ़ा कर कहा, 'आपके साहब तो जाने क्या-क्या कहते फिर रहे हैं। कहते हैं, यह बच्चा उनका नहीं है।'

मैं दफ़्तर के काग़ज़-पत्तर में डूबी हुई थी।

मैंने सिर उठा कर जवाब दिया, 'बच्चा मेरा है! चूँकि वह मेरा

बच्चा है, यह शायद उसे पसन्द नहीं आया, रूबी आपा। बात ऐसी है कि औरत को यह क़तई हक़ नहीं होता कि वह कुछ भी, किसी चीज़ को भी 'अपना' कहे। चलो, मैंने न हो अपना वह हक़ जान लिया। मैं किसी का खेत नहीं हूँ, कि जो-सो बन्दा, जब उसका मन आये, मुझ पर जी भर कर हल चलाये, खेती करे, अपनी मन-मर्ज़ी की फसल उगाए।' यह कहते हुए, मैं उत्तेजित हो उठी।

रूबी आपा चली गयीं।

अब, दफ़्तर में भी थोड़ी-बहुत परेशानी होगी। मुमकिन है, मैं घर बदल दूँ। लेकिन यह सब कोई ख़ास तकलीफ़ नहीं है! तकलीफ़ें झेलने की मुझे आदत है। लोग बुरी-बुरी बातें करेंगे? लोग तो हमेशा बुरी बातें ही करते रहे हैं। लोगों की बातों से क्या फर्क़ पड़ता है, बता? औरत अगर घर से बाहर क़दम रखती है, तो भी लोग उसे बुरी कहते हैं, इसीलिए क्या औरतें बाहर निकलना छोड़ देंगी? नूपुर, तू चली आ। मेरे भीतर का जीव, अब हाथ-पाँव उछाल-उछाल कर खेलने लगा है। तू आ, और कान लगा कर उसके खेल की आवाज़ें सुन। चारों तरफ़ सिर्फ़ नफ़रत है! नफ़रत ही नफ़रत! तू आ, और उसे दो-चार प्यार की बातें सुना!

जमुना

❑❑❑